凴闌集

張五常著

給

我的母親

前言

這本書曾經出過四版，那是好幾年前的事了。於今重印，我修改了好些文字，補加了些後記。

很奇怪，我的文章似乎永遠都有可修改之處。每次重讀，總是覺得有瑕疵，於是改呀改，改之不盡，到後來不敢再讀。

永遠不明白蘇東坡是怎樣寫出那些我們無法替他改一個字的文章。

張五常　二〇〇一年二月

目錄

《凴闌集》序

一九九〇年三月十五日

經不起黎智英與梁天偉的邀請，要我為他們新搞的《壹週刊》寫專欄，指明要散文，不要其他，雖然感到奇哉怪也，也勉為其難地答應了。事實上，幾年前《東方日報》的周石向我約稿，也指明要我寫散文。不久前，台灣《中國時報》的黃肇松表示對我的散文有特別興趣。既然英雄所見略同，那我就不用客氣了。

名不正則言不順，專欄要一個名稱，而散文專欄尤其如此。我和認識了四十年的舒巷城商量了好一陣，從七八個欄名中選出了《凴闌集》。顧名可以思義，但我的凴闌之意，可不是岳飛的「怒髮衝冠凴闌處，瀟瀟雨歇，抬望眼，仰天長嘯，壯懷激烈」的那一種。我根本不可能激烈到「壯志飢餐胡虜肉，笑談渴飲匈奴血」。

我的意思是近於辛棄疾的「待燃犀下看，凴闌卻怕，風雷怒，魚龍慘」。稼軒詞為我所偏愛，且將他的《水龍吟》全首抄錄如下：

舉頭西北浮雲，倚天萬里須長劍。人言此地，夜深長見，斗牛光燄。我覺山高，潭空水冷，月明星淡。待燃犀下看，凴闌卻怕，風雷怒，魚龍慘。　峽束蒼江對起，過危樓、欲飛還斂。元龍老矣！不妨高臥，冰壺涼簟。千古興亡，百年悲笑，一時登覽。問何人又卸，片帆沙岸，繫斜陽纜？

人的一生或平平無奇，或風風雨雨，或飢寒交迫，或大富大貴，或叱咤風雲，或甘於淡泊。這些我既不低貶，也不羨慕。我的一生比較特別，不管是好是壞，有些事情於我總算是可遇而不可求的。稼軒這首詞是「過南劍雙溪樓」的有感之作。難道他「預知」世上會有我這個人？回顧自己的一生，其感受就像那詞中所說的「峽束蒼江對起，過危樓、欲飛還斂」。這樣的生命很有意思。有高山，有低谷，有流水，也有危樓，而在這樣的際遇中為了好奇而躍躍欲試，但卻又欲飛還斂，不是挺有意思嗎？

是二十六年前吧。一位同事與我在洛杉磯加州大學附近的一個墳場內漫步，說着些什麼，他突然停下來，指着場內的眾多墓碑，說：「這些人的生命，都不會像你那樣有意思吧！」我想，這是誇張的說法，但也可能是對的。

很多朋友希望我能寫自己的傳記，我的回應是，從來不想改變自己經歷過的生活與感情以外的人和事；既然悄然而來，欲飛還斂之後就應該悄然而去。但他們認為我自己感到過癮的，應讓他人分享一下，而我的成功與失敗的經驗，對後學的人可能有點益處。無論怎樣說，自傳是要大有作為的人，才可以寫；高山，低谷，流水，危樓……雖然過癮精彩，是不足以勒碑誌之的。

不過，凭闌靜立，仰望高山，俯視流水，既可遠瞻，也可回顧，其感受倒是散文的好材料。我衷心欣賞王羲之寫《蘭亭集序》的情懷。對他來說，人的生命只不過是俯仰之間的事。然而，他在《集序》中「俯仰」了三次，把生命的意義表達無遺。

他首先寫道：「仰觀宇宙之大，俯察品類之盛，所以遊目騁懷，足以極視聽之娛，信可樂也！」這是快樂的一面。他跟着說：「夫人之相與，俯仰一世，或取諸懷抱，悟言一室之內，或因寄所託，放浪形骸之外；雖趣舍萬殊，靜躁不同，當其欣於所遇，暫得於己，快然自足，曾不知老之將至。」這是生活態度的一面。最後，他寫道：「向之所欣，俯仰之間，已為陳迹，猶不能不以之興懷。況修短隨化，終期於盡。古人云：死生亦大矣。豈不痛哉？」這是悲哀的一面。

凴闌俯仰，帶着一點王羲之的情懷，倚天長劍，想起辛棄疾的胸襟，而寫的卻是自己的觀點、追憶或感受；生當今日，世事如棋，執筆記之，倒也有不讓古人專美之概。是為序。

菩提本無樹

一九九〇年三月二十三日

張五常是怎樣的一個人，相熟的與不相熟的都有些話可說。這個怪現象我難以解釋。雖然我很少注意他人對自己的評價，但從朋友口中還是時有所聞。這些評價當然有好有壞。我沒有作過統計，但下意識地對不好的評價我忘記得很快。於是，我很容易地覺得比毛澤東的功、過七三開高一點。對胡耀邦所主張的八二開——八褒二貶——也就接受了。關心我的朋友似乎也有類似的估計。

本來，八二開是很好的成績了。沒有誰考試獲得八十分會大嘆倒霉的。問題是，他人對我的評價，無論是八之褒或二之貶，都言過其實。我既非超人，也非敗類，但為什麼從來沒有得到「中庸」的評價？得不到的永遠都覺得特別珍貴。中庸的朋友羨慕我，而我卻衷心羨慕他們。我又想，「中庸」是美德，但卻非新聞，是不容易招惹評論的。既然人們看我都從兩端看，言過其實是免不了的吧。

說起來，他人喜歡把我作為話題，已不是今天或二、三十年來的事了。從我兩歲多稍懂事的那天起，我就有這個感受，而我自己從來都沒有刻意地引人注意的。一些童年時的例子可以說明這一點。一九三八年初，母親在西灣河的奧背龍村建石屋。她要「監工」，希望屋子建得如她所願，就把我帶到地盤上。我坐在一塊石頭上看工人搓水泥，好奇地點數英泥、水與沙的分量，有規律地二三二三地數起來。突然間見工人少用了一鏟沙（不照規律），就急不及待地指着工人大哭起來了。母親說：「阿常又搞什麼鬼呀？」姐姐們應聲附和：「又是阿常！」自此以後，無論家中發生什麼事，「阿常，阿常」之聲不絕於耳。

三歲到鄰家讀幼稚園，教師是一位吳姑娘，人長得美，脾氣好得出奇。學生只有三個。我年紀最小，每次背誦課文時都是由其他兩個同學先背，輪到我，即使背不出，吳姑娘也總是一笑置之。有一次背書時間到了，同學又照例地先背，我提出反對，堅持非先背不可。吳姑娘當然順我意，讓我先背。但我根本不知道背什麼，一句也背不出來。吳姑娘於是問：「那你為什麼要爭着先背呀？」我回答說：「我說要先背，可沒有說我背得出來的。」數十年後，吳姑娘老了，還提及這件事。

諸如此類的例子，每隔幾天都會發生。家人見慣了，不覺得什麼，但見不慣的外人就不免要多說幾句。抗戰期間在廣西，戰後在佛山，解放後在香港的灣仔書院與皇仁中學，五七年到多倫多，五九年到洛杉磯，六七年到芝加哥，六九年到西雅圖，八二年回港，其經歷也大約如是。年紀大了，經驗不同，感受不同，觀點不同，但童心未泯，好奇心從來未離開過我，它往往驅使我做自感興趣的一切。好奇是人之常情，也是人類進步的一個重要因素。但好奇又怎會那樣容易地引起人們的議論呢？這問題我不明白，久而久之，習慣了，也就懶得找尋答案。

我是熱愛生命的。我認為生命既然只有一次，我就要盡可能「豐滿」自己的生命。在大學唸書時，修人類學，得到一位老師的啟發，知道生命的存在是宇宙數百萬億無一的機緣巧合所成，是一個可一而不可再的「意外」，於是就變得不僅珍惜自己的生命，而且也珍惜他人的生命了。我決定從事教育工作，對共產政制下的思想教育深感痛心，也是由此而起。我並非因為自以為是君子而不損害他人，而是自己對生命的觀點不容許我那樣做。

但在廣闊無際的宇宙間，個人的生命遠不及滄海一粟。我的存在與毀滅，無足輕重。說自己有「泥上偶然留指爪」的本領，只不過是自我安慰而已。但生命既然存在而又是那麼真實，我倒要過一下生命的癮。這不是有意無中生有，然而，自內而觀之，可以因為覺得豐滿而把自己看「大」了一點。至於他人從外觀我呢，應該覺得是微不足道的，因為個人生命的存在，只可以珍惜，而不能把生命本身擴大的。想不到，他人自外而觀我似乎比我自己的內觀還要誇張了。

我於是想起六祖的詩，忍不住把它改兩個字：「菩提本無樹，明鏡亦非台；本來無一物，還要惹塵埃。」是的，我沒有六祖的胸懷，但比起神秀和尚，卻要高明一點。我對惹來的塵埃毫不介意，所以老是提不起勁去「時時勤拂拭」了。勸我久不久要「拂拭」一下的朋友，應該明白在這問題上，我心領而不苟同，是因為個人的生命觀是不容易改變的。

曾因酒醉鞭名馬

一九九〇年三月三十日

我是個失敗過很多次的人。失敗本來是一件痛苦的事，然而，這痛苦很短暫，過不了多久又再次嘗試。對我來說，勝利的歡欣比失敗的痛苦遠為持久，所以雖然敗多勝少，但在心底裡老是覺得自己是個優勝者。

這可能是天生的品性吧。我的兒子跟我一樣，對失敗處之泰然，不斷嘗試。記得八二年回港後，我建議兒子以考試的辦法進入本地的中學。我到一間頗有名望的學校去查詢有關入學的資格，校長很客氣，說我的兒子在美國長大，英語不用考了，但數學要考。然後他拿一份數學試題的實例給我看，我一看就知道兒子不可能及格。美國小學所教的數學是理論，不是數學問題的解答，所以香港初中的數學比美國的深得多，而我見到的試題大都是兒子從未學過的。

回到家裡，對兒子說：「明天你要考數學——但不用準備了，你是不可能及格的。」他沒有回應。到了凌晨四時，我見到他的房間有燈光，跑進去看看。原來他正拿着一本美國小學的數學課本在溫習。我百感交集，憐惜地說：「我不是說過準備也沒用嗎？那些數學你根本沒有學過，怎可以在幾個小時內修補呢？」他說：「我也知道沒有用，但不想使你失望。」後來十題中他只懂三題，一敗塗地。晚飯後，兒子跑進我的書房裡，坐在旁邊，問：「爸，你對我很失望吧。」我莊重地回答：「怎可以這樣説？你多長大一天，我對你的期望就多一點，怎會因為你考試考得不好就改變了主意？」

是的，克服困難的勝利使我有滿足感。但每逢比賽、考試、研究——這些都是競爭——我要勝的是事物的本身而不是對手。例如下棋吧，我要爭取的是一局好棋，走幾步神來之着，對手是誰，名氣大小，都不重要。搞攝影，我希望獲得的是一些雋永之作，至於我是否比其他攝影者高明，倒無關重要。他人下了一局好棋，或拍得一幀佳作，我愛之如己出也。讀大學時考試，我追求完美而有新意的答案，積分如何不介於懷。在課室上發問，我尋求的是一些新的角度，不管同學們怎樣想。作研究，所得的結論要使自己有滿足感。前輩或同行中的競爭者的結論如何，對我是很少影響的。

這種對事而不對人的競爭，勝與敗的最後評判者還是我自己。例如，作學生時一篇文章獲頭獎，但我認為是二流貨色，很失敗，就不能不尷尬地寫信去取消獎狀。另一方面，這樣為勝「事」而競爭，會使人覺得我喜歡獨斷獨行，「一士諤諤」，有時甚至如醉酒步行，難以捉摸。這不是因為我故作神秘，而是因為對事不對人，使誤會者覺得我是把他們輕視了。有某些自以為在跟我競爭的人，我根本不知道他們的存在。

對事的競爭，取勝絕不會比對人的容易，而二者的勝負分布也有不同。譬如下棋吧。我與棋王或普通棋手下棋，勝負的機會相差不很遠。不管對手是誰，但求棋走得瀟灑，妙着迷人而過癮，往往給低手難倒了。但假若勝了棋王，而自覺下得平平無奇，我是會感到失敗的。

這樣的對事競爭，會使一些勝了我的人奔走相告，但名家卻往往招架不住。在學術上，不少大師級的人物給我無意識地、不經意地「殺」下馬來。本來是令人尷尬的行為，在美國的教育環境中，竟然得到不少大師的鼓勵，花更多時間來教我。上赫舒拉發的課，我腦子集中在分析上，往往在無意間「逼」他將分析修改。被傳統接受了近二百年的佃農理論，因為我要解釋一些中國農業的現象，就把這理論全盤推翻了。高斯為了盛極一時的「界外效益」理論不明所指，而說出他的迷惑，這一提點，使我有所領悟而證明根本沒有「界外效益」這一回事。某些大師以為我有意針對他們，其實我對他們很敬佩，但老是提不起勁去細讀他們所寫的關於「界外效益」的文章。

我的興趣很廣泛。因為要勝事而無意識地把名家「殺」下馬來的例子，在經濟學之外還有五、六樣玩意。

郁達夫的詩瀟灑絕倫，記得其中某首有一聯如下：「曾因酒醉鞭名馬，生怕情多累美人。」名馬我是鞭過的。雖然在鞭時沒有喝酒，但也像醉酒那樣，不知馬是誰的，無意識地鞭下去。至於美人呢？她們畢竟是人而非事物，可不是我競爭的對象了。

* * *

寫好了以上的文章，我好奇地重讀郁達夫那首詩，發覺竟然適用於今日的中國，不勝感慨！但那差不多是六十年前所寫的了。在這漫長的風風雨雨的日子裡，炎黃子孫沒有一天不遭受折磨，以致昔日的豪情煙消雲散。我認為郁前輩所發的瀟灑牢騷，在今天中國大陸沒有誰再可以發出來。茲錄全詩如下：

不是尊前愛惜身，佯狂難免假成真。
曾因酒醉鞭名馬，生怕情多累美人。
劫數東南天作孽，雞鳴風雨海揚塵。
悲歌痛哭終何補，義士紛紛說帝秦！

艾智仁

（一）

一九九〇年四月六日

艾智仁（Armen A. Alchian）是我的老師。這個師生關係，經濟學行內很多人都知道。較少人知道的是，我沒有正式選修過他的課。我是他的旁聽生，重複又重複地旁聽了五個學期。這個師生關係的發展很有意思，我試把它寫出來，希望後學的人能知道某一種教與學的方法是怎樣的。

六〇年代初期，洛杉磯加州大學的經濟系在國際上不見經傳，但於今回顧，那時其實是如日中天。赫舒拉發（J. Hirshleifer）、普納（K. Brunner）、艾智仁當時都任職該校，是他們的全盛時期，鋒芒畢露，不過，我離開加大之後他們才真正舉世知名。跟我一起在研究院就讀的好幾位同學也是高人一等。當時我不知道，後來我到了芝加哥大學任職，見到那裡有口皆碑的「明星」學生，相比之下，就知道了。如今，這些舊同學都大有建樹。

我是一九五九年進入加大的，起先打算讀商科，但過了一個學期就轉攻經濟。在經濟系上了幾天課，就聽到一些研究班的同學談及艾智仁的事。他們對艾氏肅然起敬，說他如何高深莫測。艾氏當時不教低班，也少在校園走動，我沒有機會見到他。然而，關於他的超凡本領，我時有所聞。有一次跟有名的Scoville教授閑談，說到艾智仁時，我提起聽來的有關艾氏出神入化的本領，他笑笑說：「沒有如此厲害吧，起碼他自己不會同意。但他可能是當世最優秀的價格理論家。」我從小沒有偶像，對任何人都不崇拜，但思想對我有很特別的吸引力，聽到艾智仁有如天馬行空，心焉嚮往，恨不得立刻可以上他的課。

我是六一年進入研究院的；那時艾智仁到了史丹福大學作客座教授。於是，我的價格理論跟一位從哈佛來的教授(R. E. Baldwin)選修。有一次，另一教授（C. Miller）在課室裡談到知名度的問題，提起艾智仁，他肯定地說：「目前只有行內的高手知道他的本領，但成名應該是遲早的事。」言猶在耳，大名鼎鼎的森穆遜(P. A. Samuelson)到加大演說，聽眾濟濟一堂。某學生提出一個問題，森氏回答說：「且讓我教你一些價格理論……」他說着馬上停下來張目四顧，改口說：「啊，我說錯了，在你們這個地方我怎敢教價格理論呢？」全室大笑！大家東張西望，要找一個人。那時艾智仁在史丹福，而在座聽眾都知道森氏指的是什麼與誰。

選修過的科目是不可以再修的。我在六二年獲碩士後，尚要選修的主要科不多，旁聽就成了習慣。價格理論是經濟學的重心所在，我當然特別關心。在艾智仁回加大之前，我旁聽的主要對象是赫舒拉發。後者畢業於哈佛，曾在芝加哥大學任教，價格理論中他專研投資理論，近二十年來舉世商學院大行其道的「財務學」，赫氏是開山鼻祖。（我也旁聽過赫氏五個學期，與他的師生關係也有不少可寫之處，這是題外話。）

有一次，赫氏教到收入變動對需求的影響，一位同學舉手大聲說：「艾智仁說收入是不會影響需求的！」赫氏停下來，把講義推開，神秘地微笑道：「我不知道艾智仁為什麼會說這樣愚蠢的話。我告訴你一個真實的故事吧。很多年前，在蘭克公司的一個會議上，我遇到艾智仁。那是我第一次遇見他。在研討中，艾智仁提出一個觀點，愚蠢得難以置信，所有在座的人都認為他錯了。很多人向他解釋，但他老是不明白，堅持己見。我想，這個人真是蠢得可憐。過了好一會，我見他耽擱時間，就親自向他解釋為什麼他是錯了。殊不知說到一半，我突然發覺所有人都錯，只有他才是對的。」

後來有機會與赫舒拉發談起思想的問題，我好奇地問：「你與艾智仁相比如何？」他坦率地回答：「我所知的廣博，他的範圍比較狹窄，但如無底深潭。」於今想來，這是識英雄、重英雄的衷心話。

以上是我遇到艾智仁之前，所知道的有關他的一些事情。我心目中認為他不會像傳說中那樣出神入化，但我知道，能聽到艾氏的課是難得的際遇。我碩士的成績好，本來打算轉到芝加哥大學去，拜師於佛利民門下，但聽到艾氏快回加大，就打消去意。我本來也打算在六二年考博士試的，但因為要先上艾氏的課，要考他出的博士試卷，就改遲了一年。好些同學有意避去艾氏的試題，但有幾位卻像我一樣，明知困難而為之。可以說，在聽艾氏的課之前，我的心理準備是足夠的。

（二）

一九六三年初，我開始旁聽艾智仁的課。他有一條眾人皆知的規例：旁聽生在課堂上不准發問，也不准答話。在大學上課，我是一向不做筆記的，但總帶着張紙，裝模作樣地畫點什麼。艾氏既然連問也不准問，我就索性連紙筆也不帶了，專心聆聽，一早就走進課室，找一個少人注意的角落，靜靜地坐着，如臨大敵。

第一課，課室坐滿了人——大概有五十多人吧——那差不多是當時整個研究院的學生了，大部分是旁聽生。鈴聲一響，艾智仁進入課室，鴉雀無聲。我細看這個傳奇人物，見他長得高瘦，頭髮有點斑白，領帶打得走了樣，西服陳舊，但還算清潔。他向窗外望，笑了幾下。「哈，這麼多人！我敢打賭，幾星期以後一半的人會不見了。」

我想，他是指我們這些旁聽生吧。沒有學生回應。他好像有點尷尬，繼續說：「我從來不備課，沒有講義。從早到晚都在想的問題，天天想，想了那麼多年，是不用準備的吧。講義對我沒有什麼用處；今天寫下來的，明天的想法又有點不同了。」

他從口袋裡拿出兩張殘舊不堪的紙頭，解釋說：「我知道，如果沒有一份作參考用的讀物表，你們就會麻煩我。這兩張讀物表是學生幾年前逼我編出來的。只有這一份，你們影印後要還我。介紹這些讀物只是為了應酬，與我教的不一定有關係，你們可以不讀。」這樣，下課後我和幾位同學就搶着到圖書館去，爭先恐後地找那些讀物，跟着大家君子協定，作誰先讀誰後讀的安排。我們都聽說艾智仁對一般讀物看不上眼，認為沒有什麼值得讀的。如今竟然有此讀物表，秘笈無疑也。

就這樣，他開始講課了。他說：「假若你在一個有很多石頭的海灘上，沒有任何量度的工具，而你要知道某一塊石頭的重量，怎麼辦？」問題提出來後，沒有回應他不會繼續，這是大家預先知道的。正式選修的同學此起彼落地提出各個辦法，但每個辦法都證明不可行。下課的鈴聲響了，一位同學來不及把話說完，艾氏已匆匆離去。這是第一課。

每星期三課，每課五十分鐘，課上都在談量度石頭的重量，都找不到辦法。這樣就花了幾個星期時間。顯然，與經濟學似乎無關的事，同學們都認為其中必定大有玄機。過了不久，每次下課後我和幾位同學就開會討論艾氏在課室上所說過的話，要尋求他所指的是什麼，和有什麼含義。這個課後學生自搞的小組（後來維持了兩年），在不知不覺間，使我們對價格理論的認識、運用，大有所獲。

一位老一輩的，在幾年前上過艾智仁教的統計學課的同學，見我們在「石頭」的問題上打轉時有點心灰意冷，便安慰我們，說艾氏教統計，從頭到尾都在談賭馬，最後大家從賭馬中學得統計學所有的基本概念。賭馬顯然與統計有關，但石頭呢？難道我們要糊裡糊塗地在石頭的問題上花一個學期？

第五個星期，艾氏進課室時滿面笑容，欣然自得，問：「你們明白了沒有？」學生反問：「明白什麼？」答曰：「量度石頭重量的困難。」他於是指出，量度必定是武斷的事，是武斷而又有系統地將數字排列、分配、定名。他跟着談到不同量度系統的局限，功用的含義，功用理論運作的基本條件，量度與推斷的關係，客觀與價值觀的區別，需求定律的重要，福利經濟與科學扯不上關係，等等。在五十分鐘內，他如長江大河，滔滔不絕，使我聽得呆了。其見解的精闢，其邏輯的緊密，其哲理的湛深，使我意識到學問是可以這樣迷人的。

古人說的「學究天人」會使人有高不可攀的感覺。說艾氏學究天人，本來不錯，但他那樣淡然處之，不渲不染，對重點的刻畫揮灑自如，使我覺得他在學問上的深度，我也有機會達到的。從那天起，在敬佩艾氏之餘，我有了自信。假若沒有經過那四個星期去想石頭的如何量度，我不會在五十分鐘之內被艾氏說服的吧。在此之前，我對福利經濟很感興趣，下過不少功夫，但從那天起，我不再涉及福利經濟的問題。

學期很快過去了。艾智仁明顯地錯了一點：他推斷學生人數會減少一半，結果並非如此。選修也好、旁聽也好，到學期結束時，課室還是滿滿的。後來有人說，有我們那個小組坐鎮，或多或少起了一點作用。

（三）

第二個學期，艾智仁一進課室就問：「什麼是貨幣？」這是經濟學幼兒班的問題，任何學生都知道答案。但問題由艾智仁提出，大家都知道課本上的答案不管用，無謂自取其「辱」，所以沒有誰敢回答半句。艾氏把問題重複，到最後，有一位同學終於大膽地反問了：「什麼是貨幣？」

「為什麼馬鈴薯不是貨幣？所有的書本都說馬鈴薯可以是貨幣，但為什麼從來沒有任何社會以馬鈴薯作貨幣呢？」他繼續發問。這一提點，聰明的選修同學們就有很多意見了。其中有幾個表現很不俗的，都讀過史德拉（G. J. Stigler）發表於一九六一年的、關於訊息費用與價格差異的文章（後來史氏因該文而獲諾貝爾獎），所以立刻從馬鈴薯攜帶不便、保存不易、大小不一等問題上談到價格差異的問題。如是者搞了三個星期，黑板上的方程式此上彼落、寫寫抹抹，為的是證明貨幣之所以為貨幣，是由於買賣之間的價格差異最小。可惜完滿的答案始終得不到。若干年後，艾氏發表了《什麼是貨幣？》，其答案還是有待商榷的。

艾智仁的教學方法自成一家，要學也學不來。他對課程不整理，講解時沒有大綱，題材與科目不一定有關係，而他提出的問題，連他自己也往往沒有答案。他的本領是提出新的角度來，誘發學生對明顯不過的答案要重新思考、衡量。在他的引導下，我們不敢肯定自以為「知道」的，再淺顯的答案我們也要再次地想，一層層地想下去。他教我們不要放過一個術語的任何意義，而經濟學的最終目的是解釋行為。他很隨和，說話不多，對自己不認可的理論或觀點，他很少痛下批評，在課室上只是輕輕擺手，微微一笑，大家便會意了。對他稍為首肯的文章，我們就要跑到圖書館去找。有這樣的感染力，是因為每一成見，經過他提點之後都或多或少地改變了。

艾智仁所提出的問題都很淺白，像小孩子發問一樣。幾年後——一九六七年——我到了芝加哥大學，在一個酒會上遇見史德拉。他不知我是誰，在談話中我向他提出一個淺顯的問題，他說：「啊，你一定是史提芬，只有艾智仁教出來的人才會問這樣愚蠢的問題！」跟着哈哈大笑，親熱地帶着我介紹給其他的長輩。

在某方面說，艾智仁對學生是很冷淡的。例如他不准旁聽生發問，在辦公室裡往往不接見學生。然而學生們提起他不僅敬重，而且對他很喜愛。這顯然是因為，除了不肯給學生多點時間之外，他與任何學生對話都平起平坐，對每個學生的觀點他都客觀地衡量，從不把自己的觀點強「壓」其上。給他有力的分析「戰」敗了的學生，會覺得自己跟艾智仁交過手，縱然慘敗也覺得有所收穫，且有舒適感。任何辯論，他從不把自己的觀點刻意維護。他追求的只是真理，誰對誰錯於他毫不重要。一位同學說，他是個做夢者，跟他對話好像是感覺到夢的回應。我自己的感受是，有如跟一個忘我的腦子對話。

在課室上，我只有一次見過艾智仁使一個學生難以下台。他提出一個問題，那學生回答後，他問：「要跟我打賭嗎？」學生說：「我不是賭徒。」「假若我以一千元對你一元呢，你賭不賭？」「那麼我賭。」「你剛才不是說過你不是賭徒嗎？」學生無言以對。哄堂大笑之後，艾氏抱歉地解釋：「不要說『不賭』那樣的話。我們每個人從早到晚都在下賭注，幾分鐘以後的事沒有人可以肯定，而我們決定做什麼就是一個賭注了。到市場付錢買雞蛋，我們不能肯定雞蛋不是壞的，所以買雞蛋也是下賭注。」話題打開，他又轉到投資與風險的問題上，並且是重要的一課。

當年，史丹福大學有三位極「左」的馬克思理論者，都是名家。不知是誰想出來的主意，邀請了這三位馬氏信徒與艾智仁及兩位學者，在加州海岸的一個小市鎮，一連數天舉行辯論會。我沒有機會在場當聽眾，引以為憾。據說艾氏在那次辯論中一反常態，措辭鋒利，弄得不歡而散。報道有云：艾智仁在會上不放過對方的任何術語，要求他們解釋每一術語的含義，節節進迫，對手實在答不出來，所以就拍案而起了。

思想來去無踪，連大綱也沒有的教學方法，雖然同學們都很欣賞，但當時大家卻認為，這只適宜於教授研究院中水平高的學生，次等的或低班的就不成。這觀點，後來證明是錯了。我離開加大多年後，艾氏轉為專教大學的一年級學生。據說聽課的學生數以百計，站着的也擠得水洩不通，並且，艾氏被年輕的學生選為最佳教授。後來遇到艾智仁，我問及此事，他很開心，津津樂道，説年輕的學生能協助他維持靈活的思考，也使他更能明白教學的方法。

（四）

旁聽生不能發問——我是不甘於接受這一事實的。我知道從課室到艾智仁的辦公室要走幾分鐘路，於是就打這幾分鐘路的主意。第三個學期，我選了近門的座位，下課的鈴聲一響，我隨即衝出去，在他身旁一邊走一邊提出我已準備好的問題。他的回應，是問我有否讀過某些有關的文章。我說沒有，他就不再多說，急步而去了。

這樣，他逼使我在發問之前，先作充分的準備。一想到不懂的難題，我就到圖書館搜集有關的資料，通宵達旦地翻閱，將題目改了又改，發覺尚有不明之處才去問他。他反問有關的讀物時，我對答如流，指出每篇文章的缺點，他於是點點頭，打開辦公室的門，請我進去。由於我對問題下過功夫，無事不登三寶殿，他通常不容易解答我的「質疑」，坐下來想想就總得花一小段時間了。後來我可以在其他時間到他的辦公室去找他，使不少同學羨慕。

有一些問題，我曾與艾智仁研討過很多次，也有一些直至今天我們還是沒有滿意的答案的。這些問題都很淺。什麼是失業？實質利率從何量度？在有競爭的市場上，為什麼買賣雙方會討價還價？為什麼香港房地產經紀的佣金比美國的低那麼多？為什麼在日本的餐室，顧客不給小費？……這些淺題目，在經濟學上很重要，因為如果有了一個可取的答案，就可以一般化，推展到很多其他的事情上去。即使今天，任何人能邏輯井然地解答兩三個這樣的問題，就可見經傳了。

一九六四年我開始寫論文，導師當然是選艾智仁與赫舒拉發。每選一個題目，他們都很高興，但由於資料不足，自己知難而退。題目於是一改再改，改了好幾次後，他們對我有點失望了。六五年夏天，我決定暫時拋開論文，從事攝影六個月。六六年初捲土重來，過了幾個月鑽圖書館的生涯，在該年四月決定了論文的題目：《佃農理論——引證於中國的農業及台灣的土地改革》。

我苦思三日，寫下了十一頁紙。那時我在加州的長堤大學任教職，將這十一頁初稿寄到加大去，他們訂了集會研討的日期，是一個星期一的下午，五時開會。該日赴加大之會，只見很多教授都在座。我還未發言，他們讀到我稿上第一頁所作的六個結論，都一致認為我全盤錯了。我不知從何說起，而他們大家開始爭論，一爭就花了個把小時，我好不容易才説服他們不要管那第一頁，讓我由第二頁說起。

第二頁花了三個小時，每一句我都要答辯，詳加解釋，而在座諸君又互相爭論不休，真是一塌糊塗。直到晚上快十時了，艾智仁看手錶，跑了，其他的人接二連三地離去。餘下來的只有E. Thompson一人，繼續和我爭論。他是經濟學行內的一個怪傑，是個天才，但我無心戀戰。自己認為可以交得出去的論文初稿，兩年多來就只有那十一頁紙，如此收場，啼笑皆非，還有什麼可說的？

晚上十一時，我心情沉重，到加大鄰近的餐室去吃點東西，呆坐了一陣，終於鼓起勇氣打個電話給赫舒拉發，問他我是否應將題目放棄。他驚愕地回答：「為什麼放棄呀？我沒有見過那樣精彩的論文！」在駕車回長堤的路上，我是興奮的。我隱約地意識到教授們的爭論，是因為我「擊中」了一些重點。我後來才知道，佃農理論在我之前已有二百年的發展了。我完全沒有考查過前賢之見，只以為要解釋農業經濟，應有一個佃農理論，就自創了出來，殊不知其結論與傳統的相反。

早上回到長堤大學辦公室，知道艾智仁曾給我電話，我立刻掛回一個給他。他說：「你的幾個結論與我們所知的完全相反，像昨天那樣的爭論，不是辦法。你不用再來，等我在研討班上跟學生討論之後才決定好了。」此後，每隔幾天，關心的同學就給我通報，說他們找不到什麼錯處。三個星期過去了，艾智仁給我電話，簡單地說：「你可以正式動筆了；要準備用兩年的時間。」我說：「一年夠了吧。」「通常不夠，你不妨試試看。」

論文寫不到一半就獲得芝加哥大學的通知，給我一個獎金，要我到那裡去。我於是不到一年就將論文趕起了。後來我才知道，是杜瑪（E. Domar）教授將我論文的第一章寄給芝大的莊遜（D. G. Johnson）教授的。莊遜曾經發表過佃農理論，我在論文中對他的分析手起刀落。他確有大將之風，不僅不介意，還再三要赫舒拉發催我申請芝大每年一個的獎金。我見論文尚未完成，遲遲不敢申請，後來見過了期限，赫氏還在問我的申請信寄出沒有，就姑且照辦了。兩天後就收到芝大的電報。原來他們只看一章就定了獎，但要等我的申請信。

那一章，差不多不是我寫的！

（五）

聽到艾智仁准許我正式執筆寫論文，興奮之極。當時我在長堤大學任教的工作很沉重，每星期要教十二課。一個同事（E. Dvorak，是目前美國西區經濟學會的主事人）認為我的論文可大可小，替我緊張起來，在校內任何事情都維護着我，給我很多方便。我不停地工作了一個月，再三修改才完成了第一章，是關於理論本身的，大約四十頁，寄了給赫舒拉發與艾智仁。過了一個星期，約定時間，就到加大去見他們。

赫氏一見我面就大加讚賞，把文稿交回給我，只見他修改了幾處，提出了一些問題。跟着，我興高采烈地去找艾智仁，他沒有說什麼，只把文稿交還給我。我一看，幾乎哭了出來。艾氏在我的原稿上密密麻麻地寫滿了小字，作了修改，提出質疑，每頁上滿滿的都是他的字迹，差不多把我稿上的「打」字完全遮蓋住了。在整章中，我的每一句他都不放過！

我望着他呆了一陣，說：「我已經修改過好幾次的呀！」「那算得什麼，我那篇關於功用的文章修改了不下二十次。」我很失望，轉身就跑。那天晚上回家，我坐在桌前細讀艾氏的每一個質疑，每一處修改，越看越心驚，越看越佩服。我將他提出的每一點，經過深思後，反覆地考慮、「化解」，直到我消化了他的最後一個評語，覺得自己在學識上似乎升了一級，判若兩人。一看手錶，十七個小時過去了。我想起昨天在艾氏面前的失態，實在尷尬。於是拿起筆寫了一封信給他，內容大致是這樣的：「抱歉昨天對你沒有禮貌。回家後我用了十七個小時細讀你的評語，才知道山外有山。我答應你將盡力而為，相信《理論》這一章的第二稿會有進步。」

一個月後，艾智仁看了該章的第二稿，叫我去見他。這次他顯得很高興，將那修改得很少的文稿交還給我。我坐在那裡時，他站起來，望着窗外，彷彿自言自語地說：「我們都不懷疑你是可造之材，所以要苛求一點。你要知道，不管你腦子裡如何了得，文章寫得不清楚，在學術上就難有大成。讀了你的第二稿，將來替你寫介紹信時我可以說，你懂得怎樣寫明朗的文章。」

是的，我是從艾智仁那裡學到寫明朗的文章。這法門說來甚易：只要有一篇比較深入的、幾十頁的分析文字寫得清楚，以後寫任何文章都顯得清楚了！困難是，學寫的人要找到一個像艾智仁那樣的高手，肯不厭其詳地替你密密麻麻地下評語——這種際遇，是可遇不可求的。

在赫舒拉發與艾智仁的指導下寫論文，一年之中我學習到的，比此前在研究院的幾年還要多。上課、讀書、研討、考試等都是學習，但沒有機會運用。學而不用，自己所學的怎樣明白也不能真正地登堂入室。用上了，才會知道哪些理論其妙無窮、得心應手，哪些理論中看不中用。用得多了，就可將五花八門、複雜無比的理論簡化。真的，在今天，我聽任何經濟學者的學術講話，單看他理論的簡單程度與正確性如何，就可以很快地知道他有沒有老老實實地對理論的運用下過功夫。我跟老師們學寫論文最大的收穫，並非理論那一章，而是後來怎樣去運用它。

一九六八年，艾智仁到芝加哥大學訪問一年。那時我剛好在芝大，與他有更多的傾談機會了。某天午餐上談到一個問題，使我們後來在交易費用與公司組織這個重要的題材上意見分歧。我當時舉出下述的例子。假若有兩個人要搬運石頭下山，各自搬運的話，則每人每次可搬五十磅，加起來是一百磅。但假若二人合作，一起搬運，每次可搬一百二十磅。問題是，二人合作，每人試將一部分重量轉移到對方那裡去，所以結果會少於一百二十磅。然而，若合作中大家的「卸責」行為使重量低於一百磅，那麼他們就會不合作，寧可各自搬運。因此，合作搬運的重量必定是在一百磅與一百二十磅之間。在有競爭的情況下，這個合作搬運的重量從何而定呢？這也是說，哪一些局限條件能使我們求出合作的均衡點？

這個問題，直至今天還沒有答案。後來艾智仁從合作增產與卸責行為的角度，與

H. Demsetz在一九七二年聯合發表了關於公司組織與經理監管的理論。今天在經濟學報上觸目皆是的「經理」理論文章，大都是由他們的大作觸發而寫成的。我和高斯（R. H. Coase）不同意他們的分析，認為以「卸責」為要點是走入歧途。我自己以不同合約的選擇來處理同一個問題，要到一九八三年才發表《公司的合約本質》。

從影響與普及那方面看，目前艾氏（合寫）之作比我的強得多。這可能因為他們的文章比我的早出十一年，先拔頭籌。我想來想去也想不到「卸責」這個概念有什麼用。人當然會卸責，但這只不過是自私行為中的某種表現而已。說人自私，又說卸責，豈不是重複了嗎？

在產權與交易費用這個問題上，高斯與艾智仁的貢獻是應獲諾貝爾獎的。艾氏雖被稱為「產權理論之父」，但他在這方面的主要影響，是課室上的口述傳統，以及他的學生或朋友把他說過的觀點寫出來成為文章。他自己當年在產權理論上較少動筆，看來大概是因為高斯在一九六〇年奇兵突出，發表了那篇石破天驚之作，過不了幾年，「高斯定律」就有口皆碑了。艾智仁很大方，對高斯的鴻文極力讚揚，要學生們一讀再讀。

高斯獲諾貝爾獎的機會比艾智仁高。艾氏不介於懷，直言高斯獲獎比他更加值得。這一點，他的學生是不會同意的。

（六）

好些朋友要求我寫下我求學的事。這可不是因為我書讀得好，在學術上有些成就，而是這些朋友知道我在中小學時一敗塗地，連升級也有困難。不少人的學術成就比我大得多，但人們對他們的求學經歷卻沒有那樣感興趣。我想，上述的一些朋友有子女，其中有些子女讀書不成，或平平無奇，或朋友本身也想知道求學之道，所以就想到我這邊來吧。關於求學之道，曾經失敗過的人，真的可能比那些從小就考第一的或成績特優的知道多一點。單知成功，不知失敗，對求學的認識似乎沒有那麼全面。

由於我的經歷較為獨特，朋友向我問求學之道，應該比問我買什麼股票高明得多。一九八四年我為此發表了《讀書的方法》與《思考的方法》，很多學生閱讀。但朋友們還說寫得不夠，要我將自已屢敗屢戰的經歷寫出來，公諸於世。這差不多要我寫自傳了，那不成。折衷的辦法，是寫一些艾智仁和我的有關師生發展的經歷，但因為公餘時間無多，我只能草草下筆，簡略地說了一些。

在這裡補充一下。我認為一個青年是否讀書之材，在二十五歲之前難以肯定。我二十三歲才算認真開始讀書，七年之後就獲得長堤大學的最佳教授獎，但在二十三歲之前，沒有誰會説我是讀書的材料。不要以為我是個例外。我起碼見過四個中學時讀書不成的學生，到了大學突飛猛進，變得神乎其技！我的一個姨甥，在香港的中學讀得還不錯，但進不了香港的大學，心灰意冷地跑到美國跟我一起，教了他一點法門，只六年就拿到了博士，現在是國際知名的學者了。也不要以為美國的大學容易讀，比不上香港的。香港與美國學術水平之差別，是毋庸細説的。

除了一些天生下來腦子有缺陷的青年——這些人少之又少，或是那些精神上有問題的不説外，我們實在不能對任何一個青年下什麼讀書前途的定論。父母的「家教」，朋友的影響，社會某種氣氛的感染，老師的墨守成規，考試的心理威脅，學校的教育制度——這一切，對學生往往起決定性的作用（其作用比學生本身的往往不知大多少倍）。數之不盡的天才被抹殺了。但要求學有所成——甚至有大成——是用不着什麼天才的。智商高低與學問深淺的關係不大明顯，而除了量度低能兒童外，智商本身不代表什麼。

我少年時在香港及大陸讀書不成，但其他環境卻打下了我後來求學的基礎。家中兄弟姊妹眾多，家裡人沒有時間管我，讓我有很多獨自思想的機會。抗戰期間逃難，在廣西一帶雖然生活艱苦，但見到很多不同的事，培養了我的好奇、求知的興趣。其後在香港的街頭巷尾結交了不少奇人異士，有下象棋的，有踢足球的，有唱粵曲的，有打乒乓球的，有打功夫的，有寫文章的，有吟詩作對的……。這些「三山五嶽」的朋友使我能在多方面發展，腦子變得靈活了。在佛山華英小學讀書不成，但有一位呂老師；在灣仔書院不成，但有一位郭老師；在皇仁中學不成，但有一位黃老師——這些老師沒有教我什麼，但他們沒有見我成績不好而看低我。這使我對自己有了自信。

能獨自思想，有好奇心，腦子靈活，有自信——就算不識字，其求學根基似乎比中學考第一的強得多了。我先到多倫多去補修一些大學預科，其實主要是學英文。語言不能速成，無話可說。一旦語言足可應付，整個中學的什麼歷史呀，地理呀，數學呀，一發勁，只不過是幾個星期的工夫。

以上都是不太難辦到的事。比較難的有兩點。第一就是求學要有所成，跟做任何事一樣，都要下一點決心。對讀書毫無興趣的，須有決心認真讀它一兩年，才知道自己有沒有興趣。我在多倫多時，某夜躺在牀上想着什麼，突然決定試一試：究竟真正地讀書是怎樣的一回事。跟着到了加大，讀了兩年後，產生興趣，就不用管什麼決心不決心了。在我來說，開始時所需的一點決心，可以招之即至，但有些人可能難以辦到。所以我曾經說過，求學與不求學只不過是一念之間。

第二點——最後一點——是最難的了。求學要遇到明師。我屢遇明師，你說奇不奇？艾智仁只不過是其中的一位罷了。

即席揮毫

一九九〇年五月十八日

即席揮毫是中國文化傳統中特有之舉。王羲之在眾多高手之前寫《蘭亭集序》，王勃在滕王閣主人的監視下大書「落霞與孤鶩齊飛」，都引人入勝，值得傳為佳話。即席揮毫這個古老相傳的玩意，在開放後的中國大陸很盛行。我曾經好幾次被邀請，在眾目睽睽之下即席題辭，事前毫無心理準備，主人把紙筆放在眼前，旁觀者大聲拍掌，自己腦中一片空白，尷尬之極也。

一九八六年初冬，我參觀福建泉州近郊的一家鞋廠後，被主人領進小室之中，四周站滿了人，掌聲雷動，一本大大的紀念冊擱在桌上打開來，我差點轉身逃走。但我畢竟身為教授，怎可以那樣沒出息？坐下來，我低頭翻閱他人的題辭，其實自己是在搜索枯腸，要想出兩句有意思的話。可幸「思」來運到，我想起泉州路上的石塊，其硬如鐵，而那家鞋廠，是農民所辦的私營企業，它能在中國出現，是我期望已久的事了。於是振筆直書：「踏破鐵鞋無覓處，得來全不費功夫！」

過了兩天，在福州的師範大學參觀了那裡的藏有不少古籍的圖書館，令我心折的陳徵校長又隆重地請我題辭。古書的氣氛與陳校長的友情使我思潮起伏。我想到離開泉州時有微雨，到福州時已近深夜了，途中經過有名的洛陽橋。於是有感地寫下了王昌齡的一首七絕：「寒雨連江夜入吳，平明送客楚山孤；洛陽親友如相問，一片冰心在玉壺。」後來陳校長很客氣，請了一位福州書法家寫了這首七絕送給我。

一九八七年秋天，我和兩位朋友到北京一行，在一家機械廠內與剛從日本回來的主事人大談承包制所遇到的困難，大家都認為中國的工業要立刻改制，急起直追。正談得起勁時，招待的朋友又拿出紀念冊來了。我於是節錄了毛潤之的詞句：「正西風落葉下長安，飛鳴鏑。多少事，從來急；天地轉，光陰迫。一萬年太久，只爭朝夕。」

從北京南下浙江的溫州市，方副市長與我一見如故，大家談到引進外資的事，他就親自帶我到雁蕩山住了一晚，看看搞旅遊的可行性如何。在賓館中大家談到深夜，談得很投機。殊不知到了夜深時，賓館的主人還是拿着紀念冊走進房間來。

在雁蕩山下的賓館題辭，當然要提那個名山，而溫州市的熱情又怎可以忽略呢？我於是想起李白的詩句：「桃花潭水深千尺，不及汪倫送我情。」稍改數字，成竹在胸，我便振筆直書：「雁蕩奇峰高……」。在旁的老友舒巷城，只見我寫了幾個字就知道我快要闖禍，用廣東話輕聲地說：「你若寫『不及溫州』，就會令賓館的主人尷尬了。」真是高見。我靈機一轉，就裝得輕而易舉地寫下：「雁蕩奇峰高千尺，尚有溫州待我情。」

從雁蕩山回到杭州後，去參觀一家設備新式的中藥廠。那裡的廠長對中藥有很深的認識，而對當時承包制的缺點更是明察秋毫。他可能聽說我是怎樣的一位教授，在談論時幾次提到自己讀書不多，見解當然不及我這位教授云云。但我從他的分析中得益不少，是他教我，而不是我教他。跟着他請我題辭，我就寫：「聽君一席話，勝讀十年書！」雖然「十年」是誇張一點，但那席話得益是衷心之言了。

以上的五個題辭例子，都是事前毫無準備的。離開了中藥廠，我們一行要到杭州的絲廠去。在小巴內我對舒巷城說，絲廠當然又要題辭了，應該要準備一下吧。我們聽到那家絲廠的主事人是「很保守」的。於是舒巷城和我從絲的角度入手，不多時就得到如下的四句：「作繭能自縛，剝繭可抽絲；破繭應突出，開放是其時！」

大家對這首「五言」滿意，覺得言之有物。問題是，若絲廠的主事人不請我題辭，豈不是走了「寶」？我們於是打趣說，若沒有人請我題辭，帶我們去參觀的幹部應該「識時務」地提點一下。當然，這不過是說笑罷了。在歡樂的氣氛中我們到了絲廠，大家對絲的織造很感興趣，發問的發問，買絲的買絲，題辭的事大家都忘記一乾二淨了。

沒有準備時要即席揮毫，有了準備卻無法可「施」。我真羨慕王羲之與王勃。這兩位仁兄事前一定是明知要即席揮毫而先有了腹稿，既能表演，也可萬世流芳。要是他們沒有腹稿，本領再大也難以寫得出那樣千古傳誦的妙文。但這也可能是我個人的自我安慰。這二王的天才實在比我高得多了。可不是嗎？就算有充分的時間作準備，我也不可能寫得出那樣好的文章！

惻隱之心

一九九〇年五月二十五日

一個九十開外的老太婆，頭髮梳得整齊，衣服清潔，站在香港畢打街置地廣場的門外，笑容可掬，有禮貌地向行人討錢。這是幾年前的事了。我每次見到她，就給她一百元。給了幾次之後，她不知所終，可能是給置地廣場的管理員趕走了。要是她還健在，我只能在這裡為她祝福，希望她能愉快地度過她的餘年。

我不是個慷慨的人，但自己認為應該幫助的，能力所及，從來沒有猶豫過。到外邊吃一頓晚飯，花數百元，而在家中吃不過二、三十耳，其享受相差無幾，能將這剩下來的有意思地協助一下應該受到照顧的人，於心大快，比多吃一隻鮑魚好得多了。這樣的感受沒有什麼特別，因為我知道很多人也有同感。

我給置地廣場的那位老太婆幾百元，算不上什麼，但我知道，如果她患上了病，希望我給她數千元，我是決不會令她失望的。對這位老太婆，我想，她活了近一個世紀，有自尊心，但還是跑到街頭行乞，應該是有不得已的苦衷。我雖然不年輕，但還可以賺點錢，她有什麼合理的需求，我應該設法滿足她。

中諺云：「愛莫能助。」這句話我自己也說過好幾次了。可是前思後想，我覺得這句話有點不妥，因為自己不願意幫助的，通常不是沒有能力辦到，而是認為不應幫助。像那位老太婆那樣能觸發我的同情心的例子，少之又少。我於是想，雖然自己要教書賺錢，但若是他人有困難，自己同情而又可以有效地幫助，那麼慷慨地幫助一點，自己的生活同樣可以過得去。問題是，不值得同情、可憐的例子，實在太多了。

先談美國加州的福利制度吧。那裡福利工作人員的收入，遠高於接受賑濟者所得。又例如某國家饑荒，兒童餓得死去活來，但根據一項統計，外人捐出去的錢，經過官員的手裡，能落到饑荒兒童的口中，不到十分之一。愛與被愛之間有那麼多無動於衷的自私者，使愛的人真的感到是愛莫能助了。我們愛，中間的官員或福利工作者對自己更愛，難道我們要被迫「愛」這些從中取利的人？我反對福利經濟，主張取消所有福利項目，不是沒有惻隱之心，而是因為掛羊頭、賣狗肉的機構或政府，實在是太多了。但撇開這樣的愛莫能助不說，其他的我們應該愛可以助，因為值得我們愛而又可以不被剝削的「助」，機會着實不多，所以大家一起來作英雄，過過癮，倒也挺有意思。中諺「愛莫能助」的原意，是一個誤解，把我們看小了。

另外一些我不「助」的例子，是因為我根本沒有愛。年壯力強，可以工作但卻去行乞，怎可以得到我的愛？租了他人的嬰兒，將雞血塗在身上，在街上抱着嬰兒放聲大哭，扮得悲慘可憐，怎可以愛？答應了只要有點本錢在手，就發憤圖強，但有了幾塊就跑到賭場或賽馬場去，要我愛是說笑罷了。

是的，我認為惻隱之心是上蒼賜予人類進化的一點基因。我自己有惻隱之心，認為愛可以助，老實說，是我自私的一面，因為我協助了自己認為應該協助的人時，對自己很有滿足感。很不幸，我經歷過多種不同的生活，知道什麼可以愛，什麼是個騙局，所以一時慷慨，一時視若無睹，處之泰然。

我自己的兒女，可沒有我那樣高明。他們有了我遺傳的惻隱基因，但卻沒有我的經歷。每逢在街上見到乞丐，他們就樂善好施，好像父親的錢是不用心血賺來的。去年暑假，兒子到外邊工作，賺了四千大元，不數星期就花之淨盡。我問他賺來的錢到哪裡去了，他說：「買了一個球拍，看了些電影，請朋友吃了點東西，其他的都在街上捐出去了！」這個兒子傻得可憐，我要細心地教教他。

惻隱之心是上蒼賜予人類的珍貴禮物。假若沒有父母的愛，沒有兄弟姊妹的愛，沒有朋友的愛，沒有因惻隱而愛的愛，人類會滅亡。但上蒼不知就裡，糊裡糊塗地造了一些見有利可圖就不管實際情況的人。這是人類中的敗類，是應受人們鄙視的。

天才何足道哉？

一九九〇年六月一日

（一）

世界上的天才多的是，但值得我們羡慕的少得很。

少年時讀過宋代王安石的《傷仲永》一文，大致是説，一個名為方仲永的五歲農家孩子，沒有上學讀過書，就可以即席揮毫地寫詩，而且文理通順；秀才們發現，大加讚賞，方仲永的父親因此獲得同縣人的款待與金錢。於是，為父者認為有利可圖，就帶着兒子到處表演，沒有好好地教他。這樣過了若干年，孩子長大後變得平平無奇，與一般農家子弟沒有什麼分別了。

這個有名的《傷仲永》故事，使我想起：二十年前，韓國某兒童天才畢露，他的父親也就四處宣揚，惟恐天下不知似的，舉世的新聞傳媒也就加油添醬地報道了。這位天才神童，如今安在哉？不久前，香港某報章報道一名中國大陸的神童，去年十一歲就有足夠的資格進入醫學院，但——報道説——黑暗的大陸政制卻諸多留難，使這天才無表演之所云云。對大陸的政權我一向少有好評，但這件事我卻認為他們是做對了的。十一歲進醫學院，對兒童，對社會，半點好處也沒有。

算得上是神童的實例，我遇見過一個。一九六一年，一個十一歲的孩子以優異的成績進入了洛杉磯的加州大學，引起舉校矚目。我當時認識他，很替他難過。可不是嗎？他的知名度那麼高，同學們誰都特別注意他。例如，他選修了某一科後，一進課室時就舉座譁然；好事的同學大聲問神童：「要是考試我勝了你，我的智商怎樣計算？」神童的心理負擔，重矣哉！到了考試成績公布後，神童通常只獲丙級。其實這足以證明他是神童了；十一歲的年紀在加大有丙級的成績，不是神童是什麼？但同學們總是不肯放過他，問道：「我以為你是天才，而我一向被人視為蠢才的，也有丙級的成績，跟你一樣，你怎樣解釋？」後來這位神童越讀越差，不知所終。這是一齣悲劇。

在人類歷史的紀錄上，最高的天才是經濟學家米爾（John Stuart Mill）。據後人的估計，他是歷史上唯一智商高達二百分（是滿分）的人。米爾的天才，簡直匪夷所思。芝加哥大學的史德拉（G. J. Stigler），二十年前印製過一本日曆，送給朋友。每個月份他選上歷史上一位大名鼎鼎的經濟學家的人像，在像旁引用那名家寫過的幾句精彩的話，很有意思。

到了以米爾為主（亦即他的誕辰）的那個月，史德拉引用他的那幾句話，使人摸不着頭腦。那是引自米爾給邊沁（J. Bentham）的一封短信：「邊沁先生：你借給我的《羅馬帝國史》的第一冊，我已經讀完了，覺得很有興趣，現在託人交還給你。希望你能續將第二冊借給我，我會很細心閱讀的。」我們都知道《羅馬帝國史》是一套經典之作，與中國的《資治通鑑》異曲同工，也同樣卷帙浩繁；但米爾那段平平無奇的話，又究竟有什麼特別之處呢？我是史德拉的老友，知道此君聰明絕頂，無事不登三寶殿，那麼為何日曆到了米爾那個月份，卻如此淡然處之？想了很久，不得要領；再看日曆，突然發覺米爾那封短信後面所註的日期，屈指一算，那時他只有三歲！

是的，米爾的天才，前無古人。他七歲時寫了一本歷史書，十一歲精通當時的所有數學。然而我對他並不羨慕。他的父親是位有名的學者，也是當時英國名重一時的教育家。這位老米爾發現了李嘉圖（D. Ricardo）的天才，不遺餘力地策勵李氏，使他後來在經濟學上雄視百代。老米爾也不斷督促自己的兒子，日夕用功學習。小米爾童年時，沒有一般孩子所享有的快樂——沒有玩耍，也沒有小朋友。這是悲劇。到了二十歲左右，小米爾幾乎患了精神分裂症。

但米爾的天才高人一等。他自知精神有問題，知所適從地把自己的生活調整了。到了中年，他寫下《自由論》（On Liberty），為「人權」這個概念打下了基礎，也寫了《政治經濟原理》，被後人認為經濟學上的第二本好書。後者洋洋數十萬言，是經典之作，據說米爾只花了六星期就完成了。我曾經把此巨著讀之再三，認為六個星期是不可能完成的，即使花了六年時光寫出這樣的書，也算是天才了。

（二）

從米爾這個例子看，天才畢竟是天才，父親對他小時候的強教不能壓制他後來（中年）的成就。不過，米爾的成就始於四十歲後，不免使人覺得他兒童時的超凡本領，起不了什麼作用。事實上，從童年到中年，其間米爾有二十多年的日子一事無成，而這一段時期的失敗顯然是由於童年時他父親管得太嚴，迫得太緊。當然，一個人倘無教育，天才再高也難在學術上有大成，但我總覺得，如果老米爾不是那麼急不及待地對兒子苛求而讓他過一些普通孩子的生活，那麼小米爾的日後成就是會更大的。

是的，兒童應該多些遊玩，多交些小朋友，過一段輕鬆愉快的日子。這樣的日子在童年時不珍惜，長大後就機會難再了。我們為了他們童年的快樂，即使會荒廢了孩子們學業的某方面，也是值得的。無論怎樣說，天真的年齡卻要被迫「嚴肅、認真」起來，對兒童長大後的發展有害無益。如前文所提及的，本來是天分極高的兒童，被父親視為有什麼了不起，強而迫之，惟恐天下不知孩子之能，孩子長大了就變得平凡之極。

數學與下棋的天才，通常來得很早。但對這兩項造詣的神童，我也不羨慕。這種天才往往是偏於一個方向的，發展得很不平均，若在童年或少年時急於「推」展，長大後對其他事情往往一無所知，令人惋惜。有些天才到成年之後才「爆發」出來。印度的一位數學家與英國的牛頓，都是在二十多歲時才突然光芒四射。後發的天才比早發的天才幸運。可惜的是，這兩位傳奇人物在如日中天的兩三年間用功太盡，以致往後的生活過得不大愉快。

我認為愉快的生活比任何事情都重要。然而，天才創作與愉快的生活往往格格不入。從科學那方面看，有大成就的天才，而生活又過得算是寫意的，只有愛因斯坦、佛利民等寥寥數人而已。這些人小時候都並非神童，而他們成年後的發展也不急速。按部就班地創新的天才，歷時數十年，而其間的生活多面化，懂得享受一下，是足以令人羨慕的。但在歷史上這樣的人不及兩掌之數。

藝術上的天才比較幸運。主要原因是，藝術是表達感情的事，在年幼時不容易被父母發現天才，所以很少被迫而趕在生活前頭。莫札特一早被發現了，其生命之短令人惋惜，但王羲之可作東牀快婿，蘇東坡幽默灑脫，畢加索有七十年的創作生涯，就是狂放之如李白，後人為他所作的、在江上捉月而死的故事，也如詩如畫。這樣寫意的天才，在科學上不多見。

是的，父母對自己的孩子都有偏愛，也有偏見。認為自己的孩子是天才的父母，比比皆是。他們之中有不少真的是相信自己的孩子有過人之能，於是強迫孩子日讀夜讀，學校成績可觀時，就奔走相告。這樣的教育，能有大成的例子極少。童年應該做的事，應該有的快樂，被父母認為孩子了不起就給壓制了，長大後沒有什麼童年的溫馨回憶，豈不是把生命辜負了？

我自己的女兒，小時未學「行」就先說話，到了三歲，幼兒班的幾位老師就認為她是個天才。我花了不少時間和老師們爭論，力指女兒絕非天才，千萬不可把她安排在些什麼特別的課程班上。女兒今年十七歲了，我對昔日的堅持認為做得對。

後來我才知道，女兒的聽覺很敏銳，對語言確有過人之處。她的中、英、法語都說得流利，而在英語中幾個不同地區的口音，她可以仿效得以假亂真。凡是耳朵能將音調分辨很清楚的人，都有這樣的本領。但這又怎可算是天才呢？女兒對音樂毫無興趣；有分辨音調的耳朵，但沒有音樂感，不過如此而已。女兒的眼睛之於顏色，也有過人之處。她自小圖畫畫得很不錯，但也沒有興趣畫下去，我就樂得由她自由發展。如今女兒快樂可人，算是有點「成就」了。

我的兒子較為傷腦筋。他的記憶力很強，而個性又是屢敗屢戰的那一種。但他顯然「搏得太盡」。他今年十八歲，快進大學了。十多年來，我對他主要的教導是：千萬不要那樣用功；也對他細說學校成績的好壞毫不重要。他於是忙着在乒乓球、網球、足球、國際象棋等方面下功夫，倒也沒有辜負他的童年。然而，我認為，有朝一日，在學術上我這個兒子還是可以的吧。

赫舒拉發

（一）

一九九〇年六月十五日

上文談到老師艾智仁。這裡轉談另一位老師赫舒拉發（Jack Hirshleifer）。赫氏也是我的老師，他教我的時間比艾智仁還要多一點。我和赫氏的師生關係，雖然行內很多人知道，但不及我和艾智仁的關係來得那樣「眾所周知」。這很可能是因為：赫氏的文章，通常都用上很多數學方程式，而我卻少用。在文體上艾氏和我的遠為相近。

當我在西雅圖華盛頓大學任教時，赫舒拉發到那裡演說，有幾位同事後來問我：「你是赫氏的入室弟子，但在數學的引用上怎會有那樣大的差別呢？」是的，師徒之間的風格，通常都大有相同之處，但赫氏和我所用的「招數」卻截然不同。很多人以為我是高斯（R. H. Coase）的學生。其實我從來沒有上過高斯的課；在芝加哥大學時他和我算是同事。我的文體與高斯的很相近，而且學術上的興趣也相同，所以外間的人就以為有師生關係了。這個誤會我從來不加以糾正，因為對我來說，這誤會是把我抬舉了。

有一次，一位經濟學者朋友問史德拉，數學的引用對經濟學的重要性如何。史氏回答說：「這是個愚蠢的問題。近代經濟學者中不用數學的只有三個——高斯、艾智仁、張五常。」這是過於誇張的說法了。史氏本人懂得數學，但用得不多，而他的老師奈特（F. H. Knight），是完全不用數學的。艾智仁也懂數學，但用得很少。我曾經懂得用的，但博士論文後越來越少用，早已忘記了。高斯從來不用——似乎不懂數學——但他既然深不可測，數學於他何足道哉？

赫舒拉發喜歡用數學。他認為數學可以使我們比較容易地知道什麼答案才是對的。這個觀點我不敢苟同。我認為方程式證明是對的，只是公式上的對，內容上卻可能是錯的。對的內容，被數學加以引證，相輔相成，是錦上添花，但內容的本質是否可取，卻與數學無關。數學是沒有內容的。另一方面，無論方程式如何工整，如何可觀，內容還是要由作者加以補充，要經過邏輯的思維與推理。我又認為，任何以數學證明的理論，也可以不用數學而把它推斷出來的。當然，思想推理有高手與低手之分。高手推理，層次井然，用不用數學都沒有關係。低手呢，推理時錯的成分多於對的，以數學加以協助就大有用場了。

我與赫氏在數學上的觀點不同，可不是說我對他的學問不衷心佩服。他是個大名家，是近二十多年來大行其道的財務投資學的開山鼻祖。但我認為，倘若他較少地重視數學，多點重視概念與內容的創新，他的成就會更上一層樓。他才智過人，學問大有成就，但熟悉他的人總覺得，他何止如此而已？

赫舒拉發確實是我的老師。雖然文體及分析的風格大不相同，但事實上他對我的影響很大。跟艾智仁一樣，我沒有選修過他的課，卻旁聽了他六個學期。跟艾氏大異其趣的是：赫氏授課時，旁聽生是大可發問或回應的。我在他課堂上的發問與回應比任何其他學生多出好幾倍。不到一年之後，他的講課差不多變為他和我兩個人的對話。有時我稍為遲到，他就等我出現後才開始講。這使很多同學羨慕，但因為我與赫氏的對話別開生面，過癮刺激，同學們也就樂得做旁觀者，共享上課之樂。

旁聽了赫氏兩年後，一天下午，在他的辦公室裡閑談之際，他突然問道：「你重複又重複地聽我的課，難道我所知道的經濟理論你還沒有學完嗎？」我回答說：「你的經濟理論我早已從你的著作中學會了；我聽你的課可不是要學你的經濟學，而是要學你的思考方法。」他點點頭，顯得很高興。

是的，我的文體與赫氏的大為不同，而經濟學上的觀點也有大異之處，不過，我思考的方法，有很重要的一部分是從他那裡學來的。赫氏在腦中怎樣想，口中就怎樣說；而同時他又很高興學生能跟着他的思路去想，提出問題，作出反應。從來不固執己見，客觀地聆聽他人的觀點，如果覺得對方稍有新意，他就大加讚賞。這是大宗師的風範了。他不僅博學多才，思想敏捷，而且對學生來説，更重要的是，他的思考方法容易學。

（二）

我旁聽赫舒拉發的課，始於一九六二年的秋天。那時我已取得碩士學位，也跟另外一位教授選修過高級價格理論了。價格理論是經濟學的靈魂，有決定性的作用——單以這項理論在操縱上所達到的程度如何，就可以衡量懂不懂經濟；所以凡有高手講解價格理論，我必定不會放過。我是慕名而旁聽赫氏的。他當時以一篇關於利息與投資的文章嶄露頭角，而他別的文章我也耳熟能詳。但在旁聽他的課以前，赫氏並不認識我。

第一課，他跑進課室時，手裡拿着佛利民剛出版的《價格理論》。那是一本由佛氏的講義編寫而成的書。前些日子，這講義的另一個「版本」，是佛氏的學生以筆記的形式印出，在不合法的灰色市場上出售，我和其他一些同學已「偷偷」地讀過好幾遍。到了六二年夏天，這個有名的筆記講義由佛利民親自整理、修訂，正式出版。秋季學期一開始，我們每個研究生都買了一本。因此，當赫舒拉發拿着佛氏的《價格理論》

進來，準備替我們介紹該書時，只見每人手中已有一本，大家都笑起來了。剛買來的書，大家都在翻閱，赫氏也好奇地在翻閱着，課堂上有十多分鐘誰也不說話，只聽見一陣陣翻書的聲音。赫氏說話了：「你們都知道佛利民發表過《馬歇爾的需求曲線》，他這本新書的第二章是分析那曲線下的消費者盈餘的，就讓我們從那裡開始吧。」我一看書上的有關圖表，就忍不住衝口而出：「但佛利民的分析是錯了的！」我跟着指出書中在同一錯誤上的幾個有關的地方，簡略地一說，赫氏立刻同意，而在座有幾位同學也明白。後來其中一位寫信給佛利民，佛氏認錯，在後來的版本中作了修改。

在這件小事上我們可以體會到三點。第一，美國研究院的學習氣氛的確好。不僅老師與學生之間的溝通容易，就是大宗師與籍籍無名之輩也大可「點到即止」地過癮一下。第二，學生指出老師或書本上的錯處，老師不惱反喜，大加讚賞。赫舒拉發見我指出佛利民的錯處，就問及我的名字——他在「選修」的學生名單內找不到，便再問清楚「張」字的英文寫法，用筆記下來了。第三，同學中有高手，大快事也。我們互相尊重，互相批評，互相公開自己所知，從來不管誰對誰錯，一心只為追求真理。

在洛杉磯加大研究院求學那段日子，是我平生最快樂的了。可是，正當我樂極忘形的時候，卻有一件很不愉快的事情發生，使我認為是奇恥大辱。按照那時加大經濟系的規定，每個學生獲碩士銜後，都要考一個口試，用以決定該學生應否繼續攻讀博士。這個口試很公式化，六、七年來沒有一個被考的人不及格。我讀碩士時選修了八科，每科名列前茅，在積分上是一個紀錄的擁有者，但這個微不足道的口試，我竟然不及格，也破了「紀錄」，使舉系譁然！

無巧不成書，該口試是在我旁聽了赫氏三個星期之後舉行，考官三個，而赫氏是主考者。他們一開始就提出高級理論上的問題，我對答如流。過了半小時，赫氏翻閱放在他面前的關於我的「檔案」，說：「你成績那麼好，高級的理論，你顯然是個專家，我們不用多花時間了，還是讓我們轉到一些初級的基本問題去吧。」他於是問：「眾所周知，在市場競爭下，大家無利可圖，但為什麼還有那麼多人競爭呢？」一時間我不知所措，拿不準問題的重心，每個答案都給考官手起刀落，於是越答越差，最後無以為對。結果是不及格。

該試不及格是不能攻讀博士的。好不容易過了一夜，經濟系的女秘書清早給我電話，說希望我補考該口試。但我知道那個試是沒有補考這回事的，所以一口拒絕了。到了下午，校方的另一位教授找我談話，說我的「不及格」其實是還沒有「考清楚」，是作不得準的。我感到尷尬，不答應補考。跟着幾位老師都勸我再考一次。

我後來決定補考，是因為幾天後一位同學向我轉告了一件事。是週末的晚上，經濟系舉行師生酒會，我由於心情不好而沒有參加。一位同學的太太，在酒會上問赫舒拉發最好的學生是誰。赫氏的回應是：他從來沒有見過那麼多的好學生聚在一起，但其中一位中國學生還是顯得突出。從上述的同學那裡聽到主考的、判我不及格的赫氏竟然那樣說，我於是改變主意：要求校方給我兩個月的時間作補考的準備。

在那兩個月中我重溫初級經濟理論，日夕不斷地對最基本的概念鑽研。後來補考輕易地過關。更重要的是，從此之後作任何經濟分析，我都是從最基本的角度入手，半點較為花巧或高深的理論也不用。

從高處跌下來的心情並不好過，但後學的人應該從我的經驗中知道，跌倒後站起來時要顧及的，是基礎上的問題。基礎不穩而向上爬，是操之過急，危險之極也。我因為該口試不及格而因禍得福。不過令我引以為憾的是，據說因為我的緣故，該口試後來被取消了。

（三）

一位博學多才的老師，思想快如閃電，但在教書時，自己知的就說知，不知就說不知，而他每說了一段話，就有意或無意地停下來，希望學生提出新的觀點，也希望學生證明他是錯了。當他認為學生所說的愚不可及，就忙顧左右而言他，聽到較為可取的，就大加讚賞。這樣的上課氣氛，會使最愚蠢的學生變為天才。是的，在赫舒拉發的課堂上，我是個天才。

我在中、小學時考試成績不好。雖然那時有幾位老師很看得起我，但成績難以示人，心中不免戚戚然。進了大學，我的成績很不錯，但這只是讀書考試的雕蟲小技，自己究竟有什麼本領可以在學術上謀生，不得而知也。我是在碩士之後才聽赫氏之課的，不過我可以說，他是我第一個真正的開蒙老師。旁聽了他不及一年，我就意識到，既然能跟他「平起平坐」，那麼將來要作教授是沒有問題的。天下間這樣的老師到哪裡去找尋？

一些例子可以說明這一點。赫氏對學生的發問，通常立刻回應：「這問題不重要」，或「這是個好問題。」過不了多久，任何同學提出一個問題時，我就預先知道赫氏會怎樣回應。這是因為我意識到，凡是得到答案而沒有新意的，或不可能有另一個答案的，赫氏都認為「問題不重要」。我後來被同學們認為是發問高手，因為我在幾個星期內就學會了赫氏的法門。任何問題，我必先從多個不同的角度入手，直至自己能找出一個有新意的、可以有不同答案的角度才發問。

又例如赫氏本人提出的問題，不管他自己有沒有答案，他總是把問題的重點所在，說得一清二楚。這樣一來，學生就被他帶着去想，再愚蠢的也總有些話可說。至於往往能夠一答即中的學生呢，就心知自己是可造之材。有時赫氏會說：「我有一個問題，想了很久也沒有答案，希望同學們能幫忙一下。」這樣的不恥下問，我們做學生的，怎敢輕視他而不全神貫注地聆聽？

在赫舒拉發的課堂上，我學會了怎樣判斷問題的重要，學會了怎樣把問題的重點弄清楚，也學會了怎樣從多方面「進攻」問題而獲取答案。在他不斷的鼓勵下，這個學習過程進展得很快。起初他顯然超我幾級，但過了不久，自己就覺得可與他並駕齊驅，甚至大有搶先之概。我沒有見過哪一位老師能像赫氏那樣，被我間中「手起刀落」而仍表現得那樣高興的。他似乎對學生們說：我所知甚廣，對任何經濟學上的問題都有興趣，但我知的不一定是對的，你們當中有本事的不妨教教我。

明師都一定有如下的特點：他們不堅持己見，從來不把自己的觀點加上一分一毫的重量，對任何提議都一視同仁地作出反應、判斷。艾智仁如是，高斯如是，史德拉如是，赫舒拉發也如是。但赫氏的過人之處，是對學生很有耐心，即使平庸之極的學生，若能提出稍有可取的觀點，也就加以鼓勵。他是行內的高手，令人尊敬，但在教書時他屈身下就，讓學生們「騎」在他的背上。「俯首甘為孺子牛」，魯迅說的，而赫舒拉發真的是做到了。

赫氏思考的方法還有一個特點，值得一提。那就是，他所作的任何分析，必定用上一些例子。假若他在現實世界中找不到例子，他就會虛構地創造一個。比如有一次，要解釋生產量增加，每件產品的平均成本可能會上升，真實的例子不容易找，他就舉出如下的別開生面的例子來：「假若一隻草蜢跳一次的高度是兩呎，跳三次的高度加起來是六呎了。但假若一隻草蜢的身體加大三倍，跳一次的高度卻不會有六呎的。」在座的同學們都笑了起來。但大家都因而知道，要解釋產量增加而每件產品的平均成本上升，可真不容易。教科書上的成本曲線豈不是全都錯了？

赫氏有微笑的習慣，即使不高興時他臉上看來也有笑容。那時，在美國的報章上有一著名漫畫連環圖，主角常笑，故名為Smiling Jack。赫氏常笑，其名字為Jack。於是，同學們給赫氏起了一個外號：Smiling Jack。一提起他這個外號，同學們都在欣喜中表現着一種尊敬之意。我認為在大學唸書時是平生最愉快的日子，不是沒有原因的。

（四）

師以徒名，徒以師名——在國際學術上是很普遍的事。「那是誰的學生？」或「他的老師是誰？」類似的話是常常聽到的。大宗師不一定能出高徒。經濟學巨匠如凱恩斯（J. M. Keynes）、費沙（I. Fisher）等的門下，就沒有出過一個在學術上大有成就的弟子，更不用說青出於藍了。已故的莊遜（H. Johnson）曾對我說，凱恩斯與費沙的思維超人幾級，學生要跟也跟不上，因為老師高不可攀，弟子也就變得平平無奇了。

莊遜的話有道理。不過，思想高不可攀之如佛利民，卻桃李滿門而出高徒，又怎樣解釋呢？佛氏的一位頗有成就的門生對我說：「佛利民不斷地向我挑戰，使我寢食不安地要勝他一次，久而久之，我就學到不少學問！」這個解釋也有道理。

在本世紀經濟學界內，教出最多優秀學生的是奈特（F. H. Knight）。他有四位學生獲諾貝爾獎（佛利民、史德拉、布格南、森穆遜），很可能還有一兩個會獲得該獎的。奈特本人是如假包換的一代宗師。他自己不能獲取諾貝爾獎（該獎在經濟學成立頒發了七屆他才逝世），被行內人認為是該獎的一個大污點。我有幸，在奈氏謝世前數年遇到了他，跟他談過兩次話，其時他雖已八十多歲，但我還能從那些簡短的談話中，體會到為什麼他的學生那樣厲害。奈氏個性突出，有無與倫比的感染力。他文章湛深難明，而授課也不清楚。但他有創見，表達時有千鈞之力。這樣的老師是世外高人，余生也晚，不能拜他為師，實在可惜。

一個關於奈特的故事，對香港墨守成規的教育應該有針對性的諷刺。一個多年前曾跟隨奈特讀博士的學生，年紀大了後，有一天到芝加哥大學去接他的兒子回家。兒子剛剛考過奈特所出的博士試卷。為父的一看，試題像二十多年前他考博士的一樣。正感詫異之際，年已老邁的奈特在走廊上迎面而來。他連忙問道：「奈特教授呀，我兒子今天所考的博士試題，跟我二十多年前所考的相同，難道你的經濟學沒有進步嗎？」奈特繼續前行，喃喃自語道：「試題是一樣，但答案卻不同！」明師之見，確是不凡。

大宗師不一定教得出有成就的學生，桃李滿門的大宗師，當然也是有的。奇怪的是，有些近乎不見經傳之輩，也可能教出高手。中諺云：「冰成於水寒於水，青出於藍勝於藍。」高斯對他的老師——A. Plant——推崇備至，但我對 Plant 的著作卻不敢恭維。高斯對我說，Plant 使他知道自己什麼也不懂，所以日以繼夜不斷地鑽研學問，尋求答案。也有一些人——如艾智仁——怎樣說也不知是誰能教出像他那樣天馬行空的思想。艾氏說他的啟蒙老師是 A. Wallace。但 Wallace 是統計學高手，不懂經濟學，那又從何說起呢？我拜讀過 Wallace 的統計學講義，絕不湛深，但奇妙之處是，他把統計學的基礎解釋得通透絕倫，使人覺得初學的基礎就足以應付任何有關統計的難題了。艾智仁像小孩子般的發問本領，顯然是從 Wallace 那裡學來的。

師以徒名，徒以師名，相得益彰，是我們從事學術的人引以為榮的傳統。我自己教過幾個算是很不錯的學生，在學術上稍有成就，但不能說師以徒名。不得已而求其次，徒以師名，我倒可以這樣說的。外人說我是艾智仁的學生，是赫舒拉發的學生，使我感到很驕傲。也有人說我是高斯的學生（其實不是），我感到高興。佛利民對人說我是他的學生（其實也不是），使我更感高興了。事實上，我曾「偷聽」佛利民的課（在芝加哥大學時我們是同事，同事聽他的課不止我一人）；也曾屢與高斯研討問題，談到投機興奮處，我有時對他衷心直說：「你這個觀點我非『借』用一下不可。」

學術的交流就是那樣奇妙無窮。說是偷也好，是借也好，是影響也好，只要求知投入，存真誠之心，沒有任何博學之士會「秘技」自珍而不肯傾囊相授的。學術的進步用不着青出於藍，但卻要千變萬化，多采多姿。屢遇明師是我難得的際遇，而我感到驕傲的是，當我引用他們的思想，或推廣發揚，或加上變化，或直指其誤，他們都那樣高興，給我提供建議和鼓勵。徒以師名，到頭來，我的老師可能覺得有點師以徒名了。

我所知道的高斯

一九九〇年七月十三日

（一）

一九六一年秋天，我剛進了洛杉磯加州大學的經濟研究院，遇到一件難忘的事。一位經濟系老師退休，把他的舊書籍及學報（雜誌）放在經濟學系的辦公室「拍賣」。沒有拍賣官；每本刊物都夾着一張紙，請有意購入該刊物的人把自己的姓名和願意出價若干寫在紙上。價高者得，自己心中的價格不夠紙上別人所出的高，當然知難而退，不用出價了。

我和好些同學都好奇，看看每本刊物的出價如何及出價人數多少。有些不見經傳之作，無人問津，也有一些僅「出」幾毛錢的。名著如凱恩斯的《通論》、馬歇爾的《經濟學》、費沙的《利息理論》等，出價者總有好幾位，而價格也相當可觀。但令人最矚目的，是一本一九五八年新出版的雜誌——《法律與經濟學報》。這是芝加哥大學法律學院出版的刊物，五八年初版，每年只出一期，每期印行不及五百本。

拍賣中的那本初版《法律與經濟學報》看來很殘破，顯然被不少人翻閱過。舊的學報從來不值錢，但這本貌不驚人的舊冊子，出價的竟然有二十多人；新的原價二元，我要出價二十五元才能買到破舊的。在那時，二十五元是可觀的數目了。當我「中標」後，從錢包裡掏出那二十五元交給經濟系的女職員時，她好奇地望着我說：「我們辦公室裡的人都等待着，很想看看哪位好漢贏得這本殘破的學報。」

是的，早在一九六一年時，洛杉磯加大的經濟研究生，就懂得搶購這本後來具有革命性影響力的學報，但當時沒有幾間大學曾經聽過它的名字。

事情是這樣的。佛利民太太的哥哥戴維德（A. Director），是芝加哥經濟學派的一個主要思想家，其智力與深度決不在佛利民之下。戴氏只有一個哲學的學士銜頭，絕少發表文章，在芝大的法律系任教，教的卻是經濟。與他相熟的高手學者，無論是法律系的還是經濟系的，都對他佩服得五體投地。但戴氏既不著書立說，也不喜歡教書。他喜歡閱讀，沉默寡言，但一開口說話，旁邊的人都靜下來細聽，好像怕走了寶似的。

只有世界上最高級的學府才能容納像戴維德這樣的人。如果在香港大學，他連助理教員的職位也不可能得到，更不用說講師了。然而，當時戴氏在芝大，既不寫文章也不願教書，同事們就得找點適當的工作給他幹。法律學院院長於是想到了辦一本法律與經濟合併的學報，請戴維德作編輯。不過戴氏對此也不感興趣。他認為一般的學術文章都不值得發表；而一本刊物要靠大學津貼資助，沒有市場的需求，是浪費資源，不辦也罷。但是，他覺得自己除了日夕在思想上下功夫，對校方沒有多少可以量度到的、具體的貢獻，也就不好意思推卻這編輯的職位了。

戴氏作學報編輯的作風自成一家，成為佳話。他很少約稿，從不催稿，永不趕印，絕不宣傳。每年只出一期的學報，今年應出的往往遲到下一年才面世。但一九五八年底所出的第一期，十篇文章篇篇精彩，識者無不拍案叫絕。因為只印數百本，內容很專，很深入，只有對真實世界有興趣的人才重視，所以知道的人不多，訂閱的更少。要不是艾智仁等人在我進入加大研究院之前把那學報讚不絕口，我不會從同學那裡常常聽到它的名字。

高斯（R. H. Coase）曾在倫敦經濟學院任教。他是在那裡取得學士的。學士畢業的前一年，僅二十歲，他獲得一項遊歷的獎學金，到美國一遊，路經芝加哥大學時，曾走進奈特（F. H. Knight）的課堂上聽了幾課，若有所悟，寫了一篇題為《公司的本質》的文章，不過等到六年之後——一九三七年——才發表。這篇文章很有名，但其巨大的影響力，要到四十年後才發揮出來。一個二十歲的青年，竟然可以寫出一篇四十年後在經濟學上具有革命性的文章，可說奇哉怪也。

取得學士之後，高斯曾先後在兩間英國大學任教職，一九三五年轉回倫敦經濟學院任教，一九四五年發表過另一篇頗為重要的文章。一九五一年，要赴美國謀生，沒有博士銜不好辦，他就以幾篇文章申請，獲得倫敦大學的名譽博士銜。戴維德曾在英國與高斯有一面之緣，也就替他寫了一封介紹信。認識戴氏的人無不重視他的意見。於是，高斯一九五一年抵美後在水牛大學任教，一九五八年再轉到維珍尼亞大學去。這一切並無什麼特別之處；那是說，在當時，高斯的學術生涯顯得平平無奇。

（二）

一九五八年末，戴維德的《法律與經濟學報》出版了。艾智仁在洛杉磯的加大閱讀後，向人極力推薦，從此影響了我的半生。剛到維珍尼亞大學任職的高斯拿起來一看，覺得很有意思，便在一九五九年寄給戴維德一篇長文，題為《聯邦傳播委員會》。主編的戴氏一讀來稿，驚為「天」文，就把它發表於一九五九年那期學報的首位，面世時已是一九六〇年了。我在一九六二年才有機會拜讀，欽佩得五體投地。即使今天，我還是覺得那樣好的經濟文章是絕無僅有的。

有趣的是，高斯的《聯邦傳播委員會》的發表，並不容易。雖然戴維德認為是天才之作，但當時芝加哥大學的眾多經濟學高手都說高斯的論點是錯了，不修正就不應發表。戴氏將所有的反對觀點向高斯轉達，高斯堅持己見，不認為是錯的，「死不悔改」。這樣書信來往好幾次，到最後，高斯回信說：「就算我是錯吧，你不能不承認我錯得很有趣味，那你就應該照登可也。」戴氏的回應是：「我照登無誤是可以的，但你必須答應在發表之後，你要到芝加哥大學來，作一次演講，給那些反對者一個機會，親自表達他們的反對觀點。」高斯回信說：「演講是不必了，但假若你能選出幾位朋友，大家坐下來談談，我倒很樂意赴會。」

後來在六〇年春天的一個晚上，戴維德邀請了佛利民（七六年得諾貝爾獎）、史德拉（八二年諾貝爾獎）、夏保加（A. Harberger，福利經濟的首要人物）、貝利（M. Bailey，理論高手）、嘉素（R. Kessel，五、六十年代的經濟學天才，醫學經濟的創始人）、麥祺（J. McGee，壟斷理論的重要人物）、路易斯（G. Lewis，勞工經濟的首要人物）、銘斯（L. Mints，理論高手）。加上戴維德及高斯，經濟學的討論從來沒有那樣多的高手雲集。

這是經濟學歷史上最有名的辯論聚會。辯論是在戴維德的家裡舉行。戴氏在家裡請吃晚飯。飯後大家坐下來，高斯問：「假若一間工廠，因生產而污染了鄰居，政府應不應該對工廠加以約束，以抽稅或其他辦法使工廠減少污染呢？」所有在座的人都同意政府要干預——正如今天香港的環保言論一樣。但高斯說：「錯了！」跟着而來的爭論長達三個小時，結果是高斯屹立不倒。

多年以後，當時的在場者各有不同的觀感。史德拉對我說：「那天沒有用錄音機，是日後經濟史上的一個大損失。爭論到半途，米爾頓（佛利民）突然站起來，舌戰如開槍亂掃，槍彈橫飛之後，所有的人都倒下來，仍然站着的就只有高斯一個人。」嘉素對我說：「經過那一個晚上後，我知道高斯是本世紀對經濟制度認識得最深入的人。」麥祺對我說：「當夜是英國的光榮。一個英國人單槍匹馬，戰勝了整個芝加哥經濟學派。當夜闌人靜，我們離開戴維德的家時，互相對望，難以置信地自言自語說：我們剛才是為歷史作證。」

高斯本人呢？他差不多給那個奇異的辯論會嚇破了膽。他告訴我：「當夜我堅持己見，因為怎樣也不曾想到我可能會錯，但眼見那麼多高手反對，我就不敢肯定了。到佛利民半途殺出，他的分析清楚絕倫，我才知道自己大可安枕無憂了。」

是的，芝加哥學派之所以成為芝加哥學派，說到底，不是因為外間所說的，他們反對政府干預或支持自由市場，而是因為歷久以來，那裡有一些頂尖的思想人物，對真實世界深感興趣，客觀地要多知一點。芝加哥學派在那一夜之前早已聞名天下。但那天晚上，辯論開始時反對高斯的人都是贊成政府干預污染的。高斯反對政府干預污染勝了一仗，然而，他卻是贊成政府干預的倫敦經濟學派培養出來的。

那天晚上的大辯論，今天在經濟學界內，時有所聞。那麼，他們辯論的究竟是些什麼呢？

（三）

《聯邦傳播委員會》這個毫不起眼的文章題目，引起了多個頂尖高手大辯論，跟着促成了經濟學上有名的「高斯定律」，而這定律使舉世開始明白私有產權的重要，間接或直接地使共產奄奄一息，改變了下一代的民生——這樣說，可能是誇大了一點，但有越來越多的經濟學者是這樣想的。

高斯的《傳播》文章，說起來，是日積月累的結果。他自一九三七年發表了《公司的本質》後，研究的興趣都集中在專利或壟斷權那方面去。他特別感興趣的，是由政府保護或創立的專利權；在英國任職時，他考察過郵遞、廣播等行業。他的調查一向都很詳盡，很細心。提不起勁去讀他的文章的人，會覺得沉悶，沒有新意。但為了好奇而讀的，就會覺得他學究天人，是多個行業的專家。若讀者不厭其詳，細心地讀，就會發現高斯的文章在幾頁之中往往有一兩句很有創見、令人耳目一新的話。

一九五一年轉到美國任職後，高斯的興趣還是政府創立的專利權。既然他曾經研究過英國的廣播專利，到了美國，他就很自然地轉向美國的廣播專利那方面去。在美國，所有的傳媒——電台、電視台、電話、刊物等——都是由一家權力極為龐大的政府機構管轄的。這家機構的名字是Federal Communications Comission（聯邦傳播委員會）。高斯當然要對這機構考查一下。沒有誰會想到——連他自己也不會想到——這一查，就改變了二十世紀的經濟學！

高斯對這「委員會」的首要問題是：這機構的龐大權力，從何而來也？他追尋歷史，得到很清楚的答案。在本世紀初期，美國東岸的漁民駛船出海捕魚，一去就是好幾天，家裡的人與他們聯絡——報平安，更重要的是通知漁船颶風之將至——是要靠收音機的。但假若兩艘或多艘漁船同時用同一的收音頻率與岸上的家人對話，那麼聲音就會在空間亂作一團，使對話聽得不清不楚。後來用收音機與陸上對話的船隻越來越多，各頻率亂搭一通，弄得亂七八糟，一塌糊塗。更甚者，有些好事之徒，為了過過癮，亂用頻率，向漁船廣播錯誤的天氣訊息。這樣的情況當然不能容忍下去。美國聯邦傳播委員會的前身，是個很小的委員會機構，設於一九二七年，用以管治播音頻率的使用，有系統地控制收音混淆的情況。有了這成功的一頁，小小的委員會，其權力變本加厲，從一九三四年開始擴展到美國所有的傳媒及通訊各方面去。

本來是明顯不過的、要一個近乎政府的機構來管轄的事，高斯卻認為是多此一舉！他認為「收音」在空間弄得一塌糊塗，是因為頻率沒有明確的、清楚的權利界定。問題的所在，是由於頻率不是私產，若沒有管轄，誰都可以任意使用，豈有不亂七八糟之理？假若每個頻率都被界定為私有的產權，那麼越權侵犯的人就會被起訴。如果所有的頻率都成為私產，那麼沒有頻率「在手」而又要使用的，大可向頻率的擁有者租用。市場於是發揮作用而大顯神威，把空間頻率亂搭一通的混淆「整理」得一清二楚，而價高者得的方法，可以使頻率的使用轉到願出高價者的「手上」去。

在《聯邦傳播委員會》一文內，高斯說了一句當時少人注意，但其實是石破天驚的話。他說：「清楚的權利界定是市場交易的先決條件。」（原文是：The delineation of rights is an essential prelude to market transactions。）後來舉世知名的高斯定律，簡而言之，只不過是這一句話。不要以為這話很膚淺。在今天，有好些經濟學博士還是對它不大了了。也是在今天，整個北京政權都不明其理。清楚的權利界定是私有產權。北京的執政者一方面要保持公有制，另一方面要發展市場，怎會不互相矛盾，前言不對後語呢？

是的，產權的問題在經濟學上早有悠久的歷史，但從來不受重視，而說及不同經濟制度的著作，在高斯之前很少是以產權的不同為核心的。自古以來，在法律上，產權的討論大都是以地產（不動產）為主題，牛、羊等「可動產」次之。高斯奇峰突出，以看不見、摸不着的廣播頻率來論產權，引人入勝，觸發了經濟學者的想像力，而頻率的混淆是侵犯產權的結果，因而很自然地就帶到污染的問題上去。污染是產權混淆的問題，這一提點，使我們對世事要從一個新的角度去看。

（四）

芝加哥大學的眾多高手，當年反對高斯在《聯邦傳播委員會》一文內的分析，倒不是因為高斯認為把播音的頻率私產化就可以解決問題。（私有產權有起死回生之力，芝加哥學派怎會不知道，雖然他們以前可能沒有想到看不見、摸不着的播音頻率，也可以界定為私產。）他們反對高斯那篇文章，是因為作者把頻率公用的混淆一般化，伸展到他們認為政府必須干預的例子上去。

高斯認為，頻率公用的混淆效果，與任何資產公用的效果相同。他說：一塊地用來種植，同時又用來泊車，其效果與頻率亂搭同樣的一塌糊塗。他於是指出，泊車的人損害了種植者，要前者賠償後者可能是錯的。如果為了要種植而不許泊車，那麼種植者豈不是也損害了泊車的人？那麼種植者是否要賠償泊車者的損失呢？工廠污染鄰居，要工廠賠償給鄰居嗎？還是要鄰居賠償給工廠，請工廠減少污染？高斯也認為，說不定工廠污染越甚，對社會可能貢獻越大！

以上關於泊車與污染的論點，在三十年前聽來，實在不容易接受。這是因為：那時所有的經濟學者都同意，「損人」的人要被約束，但卻沒有誰想到，損人的人被約束，就是被「被損」的人損害了，所以應該被約束的也可能是被損的人。科學的進展就是那麼奇妙。一個在原則上相同但在性質上不同的例子，可以使分析者從一個新的角度看同樣的問題。這個新角度可能引領我們進入一個新天地，以至後來整個科學觀念都改變了。

高斯當年鴻運當頭！他為了追尋《聯邦傳播委員會》的起源而一腳踏中千載難逢的例子：一個公用的播音頻率，使大家的收音混淆不清，是誰損害了誰？答案顯然是：你損害了我，我也損害了你。要約束哪一方？答案是：任何一方也行。應該是誰賠償給誰？答案是：要看誰有使用的界定權利。以為泊車者或污染者是損人而不是被損，失之毫釐，謬以千里矣！

在戴維德家裡的大辯論，其終局是使每個參與的人恍然而悟：頻率亂搭既然是產權的問題，那麼污染也是產權的問題了。工廠是否有權污染鄰居？鄰居是否有權不受污染？權利誰屬不重要，重要的是要有「業主」，要有清楚的權利界定。一旦界定了，是工廠的也好，是鄰居的也好，污染的「多少」就可用市場的交易來解決；而不管權利誰屬，只要被界定了，在市場的運作下，其污染程度都是一樣的。高斯定律就是這樣簡單。

高斯告訴我，當他那天深夜離開戴氏之家時，他已成竹在胸。回到維珍尼亞大學之後，他答應戴氏給後者主編的學報寫一篇澄清他有關那夜之分析的文章。這篇名為《社會耗費問題》之作，石破天驚，是本世紀被引用次數最多的經濟學作品。文章很長，不同而又類似的實例很多，反映出高斯治學之博、之深。該文當然被戴維德採為一九六〇年那一期學報的首選，但面世已是一九六一年了。

根據高斯的回憶，由於要趕六〇年那一期，時間急迫，他寫好了一節，就先寄那一節給戴維德，分節寄出，希望戴氏能有多點時間編排該稿。這樣分節而寫，分節而寄，節與節之間的連貫性較弱，但每節較一般文章的章節有較大的「獨立」性。高斯把最後結論那一節寄出後才知道，原來戴氏對他寫該稿時的趕、趕、趕漠不關心。戴氏認為，好文章通常要多花時間寫，不趕也罷；假若高斯的稿遲三幾年才寫完，他六〇年那一期大可等待下去。這樣的編輯，在市場上是必遭解僱的，但在學術的高處及態度的認真而言，戴維德是無出其右的編輯了。

那時《法律與經濟學報》是有稿酬的（現在沒有了）。我曾問戴維德，高斯《社會耗費問題》的稿酬是多少？他喟然興嘆，說：「那時校方明文規定，不管文章高下，每頁稿酬相等。假若我有權按文章的重要性來發稿酬，我會將全部可用的稿酬送給他！」

一九六〇年的《法律與經濟學報》只印了五百本。後來該期的需求量每年激增，就重印了好幾次，十多年後還要重印。世界上似乎沒有哪一本雜誌或學報有這樣的經驗。

（五）

不少經濟學者都知道，高斯曾不斷地申訴過：讀者不明白他的文章。但一般讀者卻認為，高斯的文字好得出奇，明朗之極。已故的莊遜（H. Johnson）是文字操縱自如的大名家；他曾告訴我，高斯是百年僅見的文字高手。但為什麼高斯認為別人看不懂他的文章？我覺得他並非過於敏感，而是他的思想深不可測，明朗的文章讀來似淺實深，使很多不真正明白其意的人以為自己明白了。

我是由一九六二年起細讀他的《社會耗費問題》的，一次又一次地讀了三年，期間每讀一次後靜靜地思索，思索後又再讀。後來我寫佃農理論時，沒有引用他那篇鴻文，因為執筆時沒有想到自己的理論與高斯定律有什麼關係。若干年後，莊遜、蕭伯保（E. Silberberg）、華特斯（A. Walters）等人在他們的書中介紹高斯定律時，都不約而同地以我的佃農理論作為該定律的應用規範。這可見有時影響越深，受影響的人反而越不知情。

一九六七年秋天，我到芝加哥大學任職，重要的事當然就是拜訪高斯。戴維德要退休，他所編的學報得另聘編輯，高斯顯然是最適當的人選。一說即合，高斯是在一九六四年轉到芝大去的。六七年的秋季開課後幾天，到該校的法律學院去找高斯，我與他素未謀面；戰戰兢兢地走進他的辦公室裡，自我介紹：「我是史提芬，艾智仁的學生，曾經花過三年的時間讀你的《社會耗費問題》。」這段話其實我已準備很久了。

說了這些話後我才打量高斯，只見他頭髮斑白，服裝古老，戴着眼鏡，「正襟危坐」於桌前閱讀。室內的書籍很多，一套一套地放得很整齊。他聽我那樣說，好奇地抬起頭來，問：「我那篇文章是說什麼的呀？」我一時語塞，心在想，那麼長的文章，從何說起？過了一陣，我還是勉強地答了一句：「你那篇文章是說合約的局限條件。」他立刻站起來，高興地說：「終於有人明白我了！你吃過午餐沒有，我們不如一起吃吧。」

就這樣，高斯和我成了好朋友。兩年後我離開芝大，轉到西雅圖的華盛頓大學任職時，久不久就接到一些不相熟的經濟學者的長途電話或來信，說高斯要他們問我，關於他某篇文章如何解釋。回港後數年——兩年多前——一位美國教授途經香港，告訴我如下的故事。高斯曾到他們的大學演講，聽眾濟濟一堂。在演講中高斯直白地說，引用他的思想的人都引用得不對。到了發問時間，一位聽者問道：「當今之世，有沒有一個引用你的思想的人是引用對了的？」高斯回答：「只有張五常。」

這個故事在美國不脛而走，使我受寵若驚。然而，這點驚喜得來不易。我不僅花了三年工夫讀高斯一篇文章，而在芝大的兩年間，大家在校園漫步時，他不斷和我細說他思想的根源。我和他沒有師生之名，但倒有師生之實。外間誤以為我是他的學生，他從不否認，我也從不否認。

拜師或拜友求學，我所求的有點與眾不同。從傳統的教與學那方面看，我是個不受教的人。假若一位老師轉述某一篇文章，不管說得如何精彩，我的腦子多半會想到其它事情上去。就算老師精闢地批評那文章，我也會想；文章我自己可以讀，讀時有自己的觀點。於是腦子又魂遊去了。這樣的學生還獲得那麼多的明師教導，可算奇蹟。

是的，我求學的主要興趣不是求教，而是想知道一些重要的思想是怎樣形成的。艾智仁吸引我，是因為我要知道他那天馬行空的思想從何而來。後來我發現他有了高度的分析能力，還能保持着小孩子般的發問本領——那我就跟着他過過癮，天馬行空起來。我向赫舒拉發所學的是另一套功夫。他的思想只有幾個很簡單的步驟，要是拜他為師的人能細心地體會，會很容易學上手。

高斯對我的吸引更有另一原因。我認為他是本世紀最具創新能力的經濟學者；他的每個思想，不管是對還是錯，總令人覺得不知從哪裡鑽出來的，我於是決定追尋他思想的來龍去脈。我有兩年的時間跟他在一起。差不多每次傾談時，我都問及他某個思想的根源與其後的發展。知道了他思想的發展歷史而再去讀他的文章，所領悟到的就大為不同了。高斯認為我是他的衣缽傳人，顯然是因為我曾經研究過他思想的來龍去脈，所以讀他的文章時我可以循其「龍、脈」而讀「到」文字之外的含義上去。

是的，高斯的文章寫得很清楚，但我們如果僅僅欣賞他明朗的文字，就往往不能體會到他思想的深處。

（六）

與高斯在芝加哥的校園內漫步，有時連大家上課的時間也忘記了，那是我對芝大最溫馨的回憶。我們在午餐研討時，時間似乎過得特別快，轉眼就幾個小時的了。

高斯的思想有一個很特別的地方。對任何問題，他似乎是先有答案才試作分析的。這與佛利民剛好相反。當我向高斯提出某個觀點，他就用預感作回應：「你似乎是對了」或「你似乎是錯了」。問他一個問題，他的腦子好像在空中隨意抓一下，拿出一個往往令人莫名其妙的答案來，然後再加以分析。這樣純以預感為先的思考方法，其預感可能會錯，但創意的確超凡！當然，一個可取的創見，通常是必須通過慎重的分析和要有邏輯支持的。

高斯的創見有如神龍見首不見尾。我認為他有那樣的本領，是因為他先以預感作了結論，然後才加以分析。與此相反的是，我在加大研究院時的另一位老師——即後來變得大名鼎鼎的普納（K. Brunner）——才智過人，為邏輯學的高手。普納有一個原則：未經慎重的邏輯推理的，不應該有任何結論。從推理的嚴謹那方面看，高斯不及普納，但若以創見言高下，則後者遠遜於前者了。

除了創見超人外，高斯的腦子還有兩樣過人之處。其一，他在推理時一般化的能力很強。任何人提出任何稍有趣味的論點，他就往往可以立刻舉出同類的論點或例子來論證。更有趣的是，假若與他討論的人舉出多個不同的例子來，他就返璞歸真，將不同的例子歸納到同一例子上去。他曾經對我說：「我這個人不可救藥，因為任何人提出任何例子，我都想到馬鈴薯那裡去！」很明顯，推理一般化既要分其異，也要求其同，而高斯的確有這種天賦的本領。

其二，對哪一個思想是重要或不重要，高斯知其然而不管其所以然。Demsetz與Kessel都曾對我說，沒有誰對一個思想的重要性能比高斯有更敏銳的觸覺。我曾經問高斯：「大家都同意你對思想的重要性很敏銳，但究竟你自己怎樣判斷一個思想的重要性呢？」他回答說：「我從來不作這樣的判斷，只是覺得一些觀點很有趣味，很有意思。」這是個可信的答案。是的，高斯的趣味感很強烈。自己感興趣的，他就立刻投入地參與研討，可以日夕不斷地花幾個月的時間；自己不感興趣的，他就連聽也懶得去聽。

思想的興趣所在，剛好與思想的重要性吻合，這樣的人是學術上的天之驕子。這好比一個天才的導演挑選未入門的演員，不須以什麼準則來衡量，只憑敏銳的感覺挑選；而被他認為是好演員的，將來的觀眾也有同感。在美國汽車行業的歷史上，曾經出現過兩個這樣的人：他們一看某輛新車的設計就知道將來市場的銷路是好還是壞，雖然當初很多行家不同意，但結果卻證明是對了。

跟高斯結交，暢談經濟，我很快就意識到他的興趣所在，因此在傾談時我往往談些他感興趣的事，這樣大家便談得很投機。我並非有意使他開心——認真的學術討論是沒有「擦鞋」這回事的——而是倘若我對高斯提出他認為是「枯燥」的事，他會置若罔聞，根本不可能談得出什麼。對他來說，經濟學可分兩類。一類是「黑板」

經濟——那些在黑板上推理及求證的；另一類是「真實世界」經濟——那些以現實觀察為大前提的。高斯對前者毫無興趣，而在他感興趣的「真實世界」經濟中，他對那所謂宏觀經濟的現象漠不關心。換言之，只要我能對他提出一個在有關貨幣之外的現象，說及一點分析，他就興趣盎然，鍥而不舍地追問下去。

高斯還有一個怪癖。在一方面，他對傳統經濟學——例如馬歇爾的經濟學——很欣賞；但在另一方面，有不少眾所接受的傳統概念，他認為毫無用處，避之惟恐不及！例如，他認為「功用」（Utility）這個有悠久發展歷史的概念得個「講」字，是「空空如也」的那一種，對經濟學有負面作用。又例如，經濟學上的「均衡」（equilibrium）概念，他認為是浪得虛名，半點用途也沒有。至於什麼「長線」與「短線」的分析劃分，他更認為是無稽之談！

能夠將這些在傳統上根深蒂固的熱門概念視如糞土，而還能成為一個大宗師，其獨立思考的能力之高，的確是絕無僅有。更妙的是，這些他看得一文不值的概念，都與馬歇爾大有關係，但高斯對馬歇爾推崇備至，視若天人！不同意，反對其概念，卻對其學問尊敬萬分。這是歐美學術上的最佳傳統了。不知炎黃子孫有幾人能有這樣的胸襟？

（七）

在芝加哥大學的兩年中，我私下裡與高斯研討過的問題，其中一部分是關於我自己的研究工作，求他指導。那時該校的出版社已決定把我的《佃農理論》一書出版。我從未跟高斯談及此稿的理論——凡是寫好了的文章，我通常不願再談。但受了高斯的影響後，我在該書內補加了一章，是關於合約的選擇的。本來我在論文內已談到這個問題，但高斯給了我新的啟發，使我決定將幾頁紙的討論增加到數十頁，成為獨立的一章。

既然可以獨立成文，我就把那一章改寫，後來（一九六九）在高斯接編的《法律與經濟學報》上發表。該文的題目是《交易費用、風險，與合約的選擇》。初稿是一九六八年初在芝加哥大學寫成的。在校內傳閱了幾天後，史德拉打電話給我，簡單地說：「你那篇文章很有意思，下星期四是吉日，那天下午你要到我們的研討會上來講述一下。你可能不用說什麼，因為在座的聽眾到時都會先把你的文章讀過了的。」

芝大的研討會——他們稱為「工作室」（Workshop）——舉世知名，每星期都有五個這樣的「會」，每個會有不同的學術範圍。其中最有名的是佛利民的貨幣研討會與史德拉的工商組織研討會。佛利民的比較特別：他的「工作室」是「閉關室」（Closed

Shop），因為一個學年內不打算在他那裡提供一篇文章的人，就不能參加。史德拉的卻是「開放室」（Open Shop），任何人都可以參加，但到場之前必須把文章讀過。這些研討會沒有學分，算不上是課程，除芝大外，沒有任何高級學府真正地成功過——長久地有多個熱心的參與者——更何況芝大每星期有五個之多。

它們從不間斷。參與的人都必定事前有所準備，而提供「論」稿的人可以藉此機會而獲益不淺。史德拉主持的研討會以「殘忍」知名！在座的經濟學教授與研究生參半，講者可先作十五分鐘的講話，跟着的兩個小時，聽眾就「大開殺戒」，沒有人會手軟的。我曾經見過一位外來的名學者，在史氏的「會」上被聽眾殺得片甲不留，面紅耳熱，差不多要哭出來。聽眾中有一位看不過眼，就大聲對那位外來學者說：「在我們這裡你不能坐以待斃，你要反攻啊！」

話雖如此，能被邀請到史氏那「室」中講話的，是一種光榮。我到芝大不到半年就得到史氏親自邀請，喜出望外，心想，我那篇文章實在不錯，你們再「殘忍」也應該手下留情。到了該星期四的下午，我較早到場，大有關雲長單刀赴會之感。那個研討室的設計有點怕人。提供文章的講者坐在最低之處，聽眾的座位高高在上，環繞着講者。雖然初生之犢不畏虎，但我先到場，聽眾還沒有來，坐在講者的低位，向上環視一周，內心涼了一截！

聽眾準時到達。來的三十多人，有一半是當時大名鼎鼎的高手。這使我想起某電影中以嬰兒祭神的故事。高斯是最後進場的人。他選取了一個最近我的正中座位，對我微微一笑，點點頭，示意嘉許，使我感到一點暖意。艾智仁剛到芝大來訪問，也在座，但他帶着些讀物，坐在遠處翻閱，沒有看我一眼。

史德拉首先說話，簡略地介紹了我，說我只有十五分鐘的「引言」時間。我開始講話了：「這篇文章是我研究佃農理論的副產品。那理論的結論，是在資源的運用上，佃農合約與其他合約沒有什麼不同，我們就不能不問為什麼會有不同合約的選擇。我的佃農理論與前輩的不同，可能是因為在開始推理時我沒有拜讀前輩的著作。」只說了這幾句，史德拉就大聲說：「這證明洛杉磯加大的老師沒有好好地教你經濟思想史！」眾人都知道他是在說幽默話，於是哄堂大笑起來。

我正要說下去，但人們一見史氏開了口，就急不及待地發問或批評了。幸而，每一問題或批評都有人替我回應。在兩個多小時的熱烈爭辯中，我自己除了開場說的幾句話之外，就再沒有說過什麼了。替我辯護最力的是史德拉與艾智仁。在整個過程中完全沒有發言的，是高斯與戴維德。

討論會之前，我為此而失眠數夜，但到頭來只聽到他人爭論兩個多小時，鬧得亂哄哄的，究竟我的文章是否被認為有點價值，就難以判斷了。第二天，在午餐廳裡遇到戴維德。我當時跟他不熟，只知他是我的前輩，他的聲望如雷貫耳。戴維德忽然走到我的身邊來，輕聲地說：「你昨天那篇文章，是幾年來我讀過最好的一篇了。」他說完沒等我回應就跑開了。我呆了一陣，掏出手帕，掩飾地抹抹快要流下來的眼淚。

（八）

能有機會與高斯討論自己的研究工作，得到他熱情的協助與鼓勵，是我在芝加哥大學時的重要收穫。事實上，整個芝大學術氣氛的濃厚，思想創新上的緊張刺激，是我生平所僅見。我當時覺得，而今天也絕不懷疑，六十年代的芝大在學術上是處於至高之處。那裡的經濟學系、商學院與法律學院，三者打成一片，高手雲集，每天的學術「節目」忙得不可開交。午餐之聚成為一種研討會議，而晚上的酒會也是如此。

作為一個博士後的初級教授，我在芝大時其實是個學生。爭取知識與思想啟發的機會那麼多，我從早到晚可說疲於奔命，晚上的酒會（每星期總有一兩次為來訪的學者而設的）散後，帶着睡意回到住所，稍事休息，又得坐下來工作了。在經濟學的歷史上，似乎只有兩個年代，兩個地方，有那樣熱鬧的思想「訓練」所。其一是三十年代的倫敦經濟學院，其二是六十年代的芝大。我由六七至六九年在芝大，能身歷其境地躬逢其盛，算是不枉此生。

那時，該校經濟系的系主任 A. Harberger 告訴我，以他之見，當時該學系之強史無先例！於今回顧，他那似乎大言不慚的判斷，倒是中肯的。試想，當時佛利民與史德拉如日中天；舒爾茲（T. W. Schultz）寶刀未老（雖然其後要過好幾年才能拿得他的諾貝爾獎）；已故的 H. Johnson 其時還在芝大，旁若無人；R. Mundell（供應學派的鼻祖）要到一九七○年才另謀高就；Z. Griliches 與 R. Fogell 在一九六九年才轉往哈佛；H. Uzawa 也是在該年錦衣日行，回到日本工作。在今天，這些世外高人已是老的老，死的死，去的去矣！

這樣鼎盛的陣容，其實只是當時芝大經濟學家中的一部分。在商學院內，A. Zellner 與 H. Theil 是經濟統計學的大宗師；E. Fama 與 M. Miller 正在把今天的大行其道的財務投資學發揚光大。在法律學院，則有高斯與戴維德坐鎮。當時的無名小卒有 R. Zecher、W. Landes、R. Parks、D. McClosky、E. Diewert、A. Laffer（拉發曲線的拉發），與張五常。很不幸，貝加（G. Becker）在我離開芝大後才加盟。要是他早到一年，我就更可誇誇其談了。

是的，在芝大時，差不多每一個同事都可以是我的老師。這樣的求學際遇，天下間到哪裡去找？在那眾多的亦師亦友中，我最接近的是高斯，他很願意在我的思想上花時間，而我對真實世界的興趣與他相同。我當然希望他能引導我的思想，但在另一方面，他那不知從何而來的創見着實吸引我。我從小對一個思想的形成就感興趣。於是，和高斯在芝大校園漫步時，我不厭其詳地追尋他思想的根源，而他也不厭其詳地回答。

我當時對高斯的創見中特感興趣的，可不是那後來聞名於世的高斯定律，而是他早期的公司理論。公司（或商業機構）究竟是什麼？為什麼會有公司的存在？公司作用何在？這些大有意思的問題，是奈特在二十年代時發問的；到了今天，我們不僅還在提出這些問題，而這些問題的整體，是經濟學在七、八十年代時最熱門的話題。這些話題之所以在今天頻頻出現，說起來，倒不是因為奈特，而是因為高斯在一九三一年寫成，卻發表於一九三七年的那篇《公司的本質》。

該文真可說一篇奇妙之文。第一次閱讀，似乎清楚明白，但多讀幾次，就不大了了。再讀，就覺得深不可測。我讀了十多次後，就得到這樣的一個看法：高斯執筆寫此文時只有二十歲，他當時思想還不夠成熟，因為「公司」是真實世界的事，二十歲的青年不可能有深入的體會。另一方面，在認識高斯之前我早已肯定：奈特以風險來解釋公司的存在不可能對，而高斯以交易費用作解釋則不可能錯，問題只是哪一種交易費用起了些什麼作用而已。

在芝大的校園裡，我重複又重複地問高斯，他在一九三〇年與三一年時，每一個月主要在想些什麼。幸運地，他收藏了不少他當年的書信與筆記；為了回答我的問題，他就重溫私人的「檔案」，一點一滴地告訴我。有時「檔案」有所欠缺，大家就按着「上文下理」，推敲缺少了的究竟是什麼。

我依照高斯那時的思維進展來繼續我對公司的研究。從一九六八年至八二年這十四個年頭，我或斷或續（續多於斷）地想着有關公司本質的問題。在這個發展過程中，我認為高斯昔日的鴻文有錯漏的地方。二十歲寫的經濟文章，縱是天才絕頂，錯漏難以避免。

後來在一九八三年，我為高斯的榮休發表了《公司的合約本質》。那是我認識高斯十七年後之作。受了他的感染，我在「公司」這個題材上想了十多年。該文一氣呵成，是自己認為滿意之作。我的主要結論是：我們無從知道公司為何物；高斯所說的公司，只不過是另一種的合約安排；這種安排是為了要節省產品議價的交易費用。

高斯讀了該文後，給我一封信，說：「你那篇文章是我多年來能學到一點東西的唯一文章。但我不同意你的一個結論。你說不知道公司為何物，我卻認為是可以知道的。」

很可惜，該文發表之後我沒有再見過他。他認為知道公司為何物，卻沒有對我解釋是什麼。書信來往了好幾次，大家都得不到同意的結論。

（九）

古語云：「結友需勝己，似我不如無。」這句話有待商榷。另一方面，我覺得任何人都有勝我的地方，所以只要大家談得來，任何人都可成為朋友。朋友教了我很多的事，雖然他們往往不知道。假若教我的人都是老師，那麼所有的朋友都是老師了。從狹窄一點的角度看，真正的老師還是那幾位對我的思想有深遠影響的人。這樣的老師不用多——一個好的也已足夠——但起碼一個還是需要的。

對我思想有深遠影響的人中，以世俗的「正規」觀點而言，有幾位算不上是我的老師，但他們——像高斯與佛利民——既然不否認我是他們的學生，那我就引以為榮地不加以反對。我沒有選修過艾智仁與赫舒拉發的課，但他們認為我是他們最好的學生，我就樂得徒以師名，高舉他們的名字，在行內過癮一下。

這些是無關宏旨的趣事。重要的是，正規的老師也好，半師半友也好，我能從他們的思想中得到新的啟發，有所領悟，那就是人生樂事也。有了這些啟發與領悟不一定可以賺到錢，或足以謀生，但可使學者在思維上進了一個新境界、新天地，覺得自己平添一份生命力，比豐衣足食重要得多。「人為萬物之靈」，這句話可真不錯！現代的人類學者大都同意，撇開《聖經》不談，有思想本領的生命，是數十億中無一的機緣巧合。若如是，思想的生命豈非比肉體的生命重要得多？而那些壓制思想、搞什麼「思想教育」的制度，豈非人類引以為恥，值得我們鄙視的？

我曾說，屢遇明師。從人類學那方面看，那我就是天之驕子了。舉一個例。經濟學上的「均衡」究竟是什麼？高斯認為這概念乏善可陳，可有可無；艾智仁認為「均衡」是指有解釋能力。在他們的啟發下，我就加以推展而得到自己的「均衡」概念：所謂均衡者，是有足夠指定的局限條件，使推理的人能建立可以被推翻的假說。我這個「均衡」概念，經濟學的書本及文章從來沒有那樣說過。這不重要，重要的是我自己覺得有一個新的領悟，使自己覺得生命多了一點意義。

舉另一個例子。產權經濟學——新的產權經濟學——始於六〇年代。眾所公認，始創者有二人：高斯與艾智仁。而得到他們二人親自教導的，天下間就只有我一個！這不是奇遇嗎？去年英國出版的《New Palgrave》，是一本四大冊的經濟大辭典，其中關於高斯及艾智仁的文章，都是由我執筆的。一個學生有這樣的際遇，不是很幸運嗎？

我遇到高斯時，他已五十七歲了，沒有孩子。他的全名是朗奴•高斯。一九七二年，我的兒子出生，想起沒有孩子的高斯，我就替小兒取名為朗奴。高斯很高興，不厭其詳地問及他的情況。兒子逐漸長大，每隔一些時日，高斯就關心地問及他的發展。我的回應是，此朗奴與彼朗奴大有相同之處：想像力豐富，對事喜歡投入，有持久思考的耐力，但表面看來卻是笨拙得很！高斯聽後，更覺高興了！

我還記得兒子出生時，以書信通知師友，他們一見「朗奴」這個名字，就哈哈大笑，知道是怎樣的一回事。一位加州大學的教授回信問：「Coase（高斯）這個姓氏，若翻譯成中文，是否與『張』字相同？」

很奇怪，迄今為止，彼朗奴沒有見過此朗奴。幾次的刻意安排他們會面，都因為碰上其他較重要的事情而取消了。今年八月，我將接受邀請到瑞典去，在當地五年一度的諾貝爾研討會上，宣讀一篇關於產權與交易費用理論的文章。瑞典那方面沒有明言，但我意識到他們想為產權經濟學頒發一個諾貝爾獎給應得者，希望我能對高斯與艾智仁的思想加以闡釋，或品評一下，我當然感到義不容辭。

然而，對我自己來說，還有一件很重要的事：高斯今年八十歲了，仍然沒有見過我那個傻裡傻氣的兒子。他們相差六十二歲，神交已久的一老一少，還沒有見過面。八月的瑞典之會，高斯也會去。他與貝加被選為我那篇文章的評論者。這恐怕是我兒子與高斯——相隔兩代、互相關心的一老一少——的唯一會面機會了。我於是去信給瑞典諾貝爾委員會的一位主事人說，我那十八歲完全不懂經濟學的兒子也要同行，躬逢其盛，而且希望能聽到他父親及高斯的講話，可否破例將就一下？他的回答是，絕對歡迎，因為他早知道，除了朗奴外，還有另一位朗奴也。

光的故事

一九九〇年九月十四日

（一）

這是個不容易使人相信的故事，但真的是發生了。

抗日戰爭末期，母親帶着我們幾個孩子逃難到廣西一帶，糊裡糊塗地跑到平南縣附近的一條連地圖上也找不到的小村落。那裡的村民很窮困，不識字，沒有見過紙張。跟他們談及火車、汽車、飛機等交通工具，他們覺得是神話。

我那時大約是七歲。在該村落中吃不飽、穿不暖，嚴冬的「衣裳未剪裁」，生活着實可憐。但於今回顧，那段日子卻有溫馨的一面。在溪間捉蝦，跟人家放牛賺點零食，到山間砍松木、拾取松塊，燒起來既香且暖。肚子餓了，到農田中偷番薯吃我是個天才。給窮困的農民抓着可不是開玩笑的。於是，我就訓練出一種特別的技能。在五十步之外，我向着田裡一看，就可以知道哪處薯苗之下必有可取的番薯。四顧無人，飛步而上，得心應手，萬無一失，不是天才是什麼？

適者生存，不適者淘汰。在戰亂時所交的小朋友中，知道今天還健在的，只有吃了我偷來的番薯的妹妹而已。這本來是一齣悲劇。假若在回憶中我不是總向溫馨那方面想，長大了之後我可能是個憤世嫉俗的人。然而，我對中國年輕人的同情心，是在那個時期培養出來的。很多年以後，在美國生活了二十五年，重回祖國，遇到了一些老氣橫秋的幹部，說我怎樣不懂中國的特殊情況，怎樣不了解炎黃子孫的生活背景等話，就使我反感了。兩年前，在大陸一個晚宴中，席上有多個共幹一起，其中一位又對我說那些八股話，我就不客氣地回應：「論背景，在座各位很少人有我批評中國的資格，我覺得我可以這樣說，是因為我曾經在你們認為有『獨得之秘』的國家，險遭淘汰。」

在那村落中，艱苦的日子過了一年多。比較難以忘懷的一件苦事，是我染上了瘧疾。瘧疾是個很奇怪的疾病。每天下午四時，發冷就來了，顫抖個多小時之後，冷感盡去，但第二天會準時再來。在當時，治瘧疾的唯一藥物是金雞納，而生活在連紙張也沒有的窮鄉僻壤中，到哪裡去找這「先進」的藥物？

母親見我每天依時發抖，當然知道是患上流行的瘧疾，可是她束手無策。她只好靠「想像」力來試行治理。例如，她知道金雞納是苦的，是從一種植物提煉出來的，就試以苦瓜水為藥！苦水喝了多天，苦不堪言，但全無起色。後來母親聽村民說，醫治瘧疾的一個辦法是，患者每天在發冷顫抖之前，最好將心思集中在另一些事情上，忘記了顫抖的時間，打斷了按時顫抖的規律。這聽來似是無稽之談，到後來竟然證明是生效的。幾個月後的某一天，在顫抖將至的時刻我跟一個孩子打架，打過了後，瘧疾竟然就一去不返了。

但在打架之前的幾個月，每天下午三時許，母親照例把我「趕」出家門，指明要在荒山野嶺遊玩，在日落之前不許回家。鄉民怎樣說，母親就怎樣做，顯然是因為愛莫能助，怎麼樣古怪的辦法都要試一試了。於是，一連數月，我每天下午離家，到處亂跑，到了四時左右，或靜坐在山間蒼松之下，或踡縮在溪水之旁，顫抖個把小時。事後看看還不到回家時間，就悄悄地坐着，心裡想着些什麼，等待太陽下山。

有幾個月的黃昏我都是那樣過的。荒郊四顧無人，鳥聲、風聲此起彼落，陽光下的山影、樹影、草影不斷地伸長，然後很快地暗下去，而蟲聲就越來越響了。無所事事，我對光與影的轉變發生了興趣。每天在發冷顫抖之後，我大約花兩個小時的時間去細察日暮的陽光在草、葉上或水中的演變。細察之下，光變化得很快，也就更引起我的興趣了。又因為時間有的是，我對光在物體的最微小的變化也不放過。草與葉之間的光可以變得如夢如幻；石塊上光的加減可以觸發觀者的想像力，使平凡的石頭重於泰山；水的光與影可以熱鬧，可以充滿歡欣，但也可以變得寂靜、灰暗，甚至使人聯想到幽靈那方面去。

是的，幼年時，在廣西的幽美荒郊，因為患上了瘧疾，我曾經有一段長時間與光為伴。久而久之，像朋友一樣，我對光的特徵與「性格」很清楚，可以預先推斷它最微小的轉變。這是個很特別的感受。我當時沒有想到，這感受連同它帶來的獨特的知識，二十多年後幾乎使我在美國成了名。

（二）

幼年的經驗過眼雲煙，無可奈何地消逝了。但事實上這些經驗我們可以不經意地記得很深刻，很清楚。「不思量，自難忘。」是蘇東坡說的。童年的事往往如此。長大後不會去想它，但在心底裡童年所得的印象驅之不去。廣西荒郊的日暮之光，離開那裡後我沒有想過，但二十多年後，在同樣的心情與類似的環境中，我就不能自已地重溫童年的感受。這是後話。

一九五五年，十九歲，我在香港中環一個窗櫥前看到簡慶福所攝的《水波的旋律》，心焉嚮往，就千方百計地找到一部舊相機，是戰前德國所產的「祿來福來」，學人家玩攝影去。幾個月後，寄出四幀作品到香港國際沙龍參加比賽，兩幀入選的都被印在年鑑上，就不免中了「英雄感」之計，繼續在攝影上搞了好幾年。

攝影是以光描述對象，但在從事攝影之初，我沒有想到童年時對光的認識有什麼關係。我在攝影上所學的「取」光，是那些墨守成規的、什麼高低色調的沙龍光法。一九五七年到了加拿大，有空時跑到圖書館去，遍尋各名家所著有關光法的書籍。後來有機會到一些有名的攝影室去作職業的攝影師，對各家各派的光法更瞭如指掌了。可以說，在燈光人像的安排上，我對當時每一派系的光法都可以運用自如。

因為在北美洲對攝影的視野擴大了，我對充滿教條意識的沙龍作品失卻了興趣。而職業攝影雖然可以賺點錢，但工作還是過於呆板，興趣就越來越小了。一九五九年進了洛杉磯的加州大學，在半工半讀的生涯中，每個月我都到好萊塢（荷李活）教那裡的一些攝影師「燈光人像」之道，教一晚的收入可供個多月的生活費，倒也不錯。除此之外，我對攝影已失卻了興趣。

在加州大學選課，一些文藝的科目是必修的。我選修了幾科藝術歷史，成績好得出奇！這是因為我有一種連藝術教授也可能沒有的本領：任何稍有名望的畫家的畫，我可以一看畫中的光法就知道是誰的作品。即使像畢加索那樣把光形象化了，其光「法」我也可以一望而知。是的，西洋畫家對光的運用就像人的簽名一樣，各各不同。單看畫中的光，別的什麼也不用看，就可分辨是誰的手筆，即使一個畫家在不同時期有不同的風格，其用光的特徵還是有跡可尋的。

一九六五年，我因為數次修改論文題目都不稱意，就決定花幾個月時間散散心，重操故技，每天下午拿着相機到加大附近的一個遊人甚少的園林去靜坐，希望攝得些什麼。當時心靈上很寂寞，腦海中沒有什麼值得想，也沒有什麼可以不想。一時間我返「長」還童，不經意中重獲童年時瘧疾發作後在廣西荒郊靜坐的感受。我彷彿再看到二十多年前所見到的花、草、葉、石與水的光幻，及其變化。那是很親切的光，書中沒有提及，畫中、相片中沒有見過，它對我就像他鄉遇故知，情深地對我説着些什麼。

沒有沙龍比賽的約束，也不用受職業上顧客的要求，我就毫不猶豫地用相機把兒時對光的感受，一幅一幅地拍攝下來。毫無約束的表達，胸懷舒暢，攝影又怎會不得心應手，只不過三個月工夫，我已拍攝到使自己很有滿足感的作品達三十餘幀。這是個難以置信的數量了。後來艾智仁在芝加哥問起，我為什麼在六五年有幾個月不知所終，我向他解釋之後，忍不住補充説：「如怨如訴的作品有時來得那麼容易，使我體會到莫札特的感受是怎樣的！」

一九六六年四月，我在加州的長堤藝術館舉行個展。到了第三個星期，來自遠方的觀眾蜂擁而至。所有刊物上的評論，都談到我的光，而《洛杉磯時報》藝術版上的大標題，只寫下一個「光」字。很多對攝影有興趣的人跑來問我那些光是怎樣處理的！我實在無從解釋。如夢如幻的光沒有法則，只是個人的一種感受而已。沒有誰會問莫札特的音樂是用什麼方法寫成的。

長堤攝影展之後，我收到周遊美國各大城市作個展的一份邀請。但因為那時博士論文有了苗頭，分身乏術，就婉謝了。一九六七年，我答應加州一個新建的藝術館，為他們的開幕舉行個展。該年九月到美國的東北部，從早到晚拍攝了一個月，但近百卷還未沖洗的底片，在紐約唐人街吃晚飯時給人連汽車內所有的衣物一起偷走了。個展開不成，攝影之舉，也就中斷了一段很長的時期。不久前，也是為了散散心，遂於週末到朋友的攝影室去，重操故技。技巧是以前的，但所用的燈光卻是新的科技了。在香港，鬧市中連一條草也不容易看到，除了室內人像是難有其他選擇的吧。

下棋説

一九九〇年九月二十八日

三年前我寫過一篇《論天才》，文稿失去了，提不起勁再寫。世界上真的是有天才這回事，但天才不等於聰明，是一個不容易解釋的現象。天才有很多種，智力上的天才，最明顯的似乎是表現在數學與下棋那方面。不過數學與下棋的天才在其他事情上可能愚蠢之極，所以我們不應該對這些天才羨慕。可能他們本來並非那樣蠢的，但天天想着深不可測的問題，偏於一方，鑽得太深，上了癮，就對其他事情忽略，甚至變得一無所知了。

數學與下棋的天才有一個共同處：他們在很小的年紀時就高出同輩或成年人不知多少倍，鋒芒畢露，使人驚歎。然而數學與下棋的天才又不一定是同類的：二者可以兼得的例子不多。這些自小超人幾級的天才屢見經傳，例子不用枚舉了。我這裡要談的是下棋的天才。

我少年時下跳棋所向無敵，但這不是天才，因為下跳棋是一個很普通的玩意。也是在那時候，我最喜歡下的是「海陸空」大戰的棋，要有公證人的那一種。這種棋沒有什麼思考可言，只要能夠用水雷幸運地炸中了對手的航空母艦，過癮得哈哈大笑，也就視公證人如貴賓了。我不明白為什麼今天的孩子們，對電子遊戲機比對「海陸空」更有興趣。

我要談的不是上述那些棋，而是象棋。我認為在所有運用思考的玩意中，象棋是最湛深的了。有人會不同意，認為圍棋更為湛深。但我指的不單是中國象棋，而是連國際象棋在內，而後者比前者需要付出的腦力更大得多。我沒有對象棋的歷史作過研究，但很顯然，中國、韓國與國際的象棋有相同之處，而推理的辦法也是類似的。

中國的象棋我是可以應付一下的，而下盲棋與明棋差不到「兩先」，是比較特別的本領了。但我對象棋的興趣不能持久，因為每下一盤所需的時間太長，而與高手對弈後往往難以入睡。至於中國的象棋譜，我最欣賞的是《橘中秘》。我不明白為什麼那麼多人批評這棋譜。棄子搶先的技巧差不多是它始創的，而這門技巧是中國象棋最獨特之處。當然，《橘中秘》的「漏着」數之不盡，但若沒有這棋譜，我們又怎能整體地欣賞「寧失一子，莫失一先」？

至於中國的高手棋人，胡榮華的天才自成一家。可惜他的巔峰時期遇上文化大革命，留下來的棋局不多。原出香港的楊官璘應該是第二人。其實這位廣東名手的棋風不見突出，卻穩如泰山，而胡榮華則往往不依常規，別開生面。其他的高手，只不過是高手而已，不能令我「觸目驚心」。至於國際象棋呢？美國的費沙前無古人，而更使人佩服的，是他的棋「下」得瀟灑絕倫，達到了藝術的高境界。但費沙是個奇人，脾氣怪得離譜，在巔峰時期突然退出棋壇，使好此道者為之嘆惜。國際象棋今天如此盛行，費沙之功不可沒。要在棋壇上成大富的，歷史上只有他一人可以做到。但他怪得連錢也不要，急於退休去也。

我的兒子懂得下國際象棋，在美國參加過幾次比賽。他的觀察力倒不錯，問道：「爸，為什麼參加象棋比賽的人都是那樣窮的？」我說：「怎見得呀？」「他們大都沒有汽車，甚至連吃午餐的錢也沒有！」是的，棋可以「窮」人，不是中國詩人的窮而後工，而是「工」而後窮。這顯然是因為下棋所用的腦力過度，使箇中的「癮」君子沒有剩餘的腦力去謀生計。像費沙那樣的天才少之又少，沒有誰會付錢去看一個「普通」的高手表演的。

腦力的玩意往往可以窮人。佛利民的女兒是國際的橋牌高手，但她同時是個律師，生活當然沒有問題。而她的一位好朋友是橋牌世界冠軍。我問：「收入從何而來？」答曰：「主要是靠寫一些專欄，以及同富有的低手『發燒友』拍檔。」

我老早就知道象棋可以令人着迷，迷上了它，精力消耗太大，使其他應做的事顧不了。我對兒子這樣說，他半信半疑。去年，他在香港參加了一個成年人的國際象棋比賽，下得頭頭是道，得了第三名。休息時，一位旁觀者對他說：「你不應該多下象棋。我不是說你下得不好，而是見你日後會是冠軍的材料。我曾經是香港的冠軍，但為了下棋，天天記着棋譜，失去了工作，生活弄得不好。幾年之後你可能勝我，那又怎麼樣？」父親不能說服的，一位旁觀者卻能夠。自此之後，兒子對國際象棋的興趣就減少了。

我的兒子不是下棋的天才，但卻使我明白象棋天才的一個必備條件：記憶力要好得出奇。我的兒子對棋的推理能力只差強人意，但記憶力強。據說費沙可以將數以百計的棋局記得一清二楚。生活很現實，沒有市場價值的棋局，腦子裡記得多就有生活的困難。就算有費沙那樣的本領與號召力，若棋外的事一無所知又算是怎樣的生活呢？

藝術天才的排列

一九九〇年十月五日

經不起朋友及讀者的要求，我要在這裡試將我認為是歷史上的十個藝術天才，從一至十排列出來。其實他們要我將天才排列，可沒有規定是屬於藝術的。但科技上的天才與藝術的怎可以相提並論？就是單從藝術那方面看，不同的媒介也難以相比，雖然感情上的共鳴是很一致的。

無論怎樣說，任何天才的排列都是武斷的。天才就是天才，高不可攀，又怎樣可以替他們分高下？但閑着無聊，姑且妄自「排」之，倒也有些娛樂性。我得首先聲明，我要排的是藝術上的天才，不是藝術上的成就。天才不一定大有成就的。當然，不見經傳的天才，要排也排不了。但若有「經傳」，其成就再小也小不到哪裡去。

（一）莫札特

以莫札特排列在藝術天才的首位，沒有誰會反對的吧。莫氏在年幼時的光芒，歷史上從來沒有見過。可惜天才自古如名將，不許人間見白頭，他只活到三十五歲。然而，莫氏的創作之多，之博，之妙，使人歎為觀止。從旋律優美的角度看，沒有人能勝過他。今天，很多專家認為，以純音樂而論，莫氏無與倫比。

(二) 蘇東坡

以我們的蘇學士排名第二，外人應該無話可說。論文，他是唐宋八大家之首；論「賦」，其作品千古傳誦；論詩，世有「蘇、黃」之稱；論詞，世稱「蘇、辛」；論書法，他是宋四家之一；論畫，他是畫竹名家。除了這些外，他是中國評畫家中最出色的一個。假若我們能撇開莫札特年輕的那一段時期，我會很容易地就把蘇東坡排在第一位。

(三) 畢加索

套用鄧小平的說法：「我把畢加索排在第三位，你們不可不服氣！」從繪畫以至後期的雕塑，畢氏的風格轉變層次井然，而每一風格都可以雄視百代！在基礎上他的作品很傳統，但新意與新技巧來得那樣自然，那樣舒暢，使人對他的創意與想像力五體投地。任何一個藝術家能有畢氏的一種創新的風格，就可以名留於世。畢氏的藝術成就，使我深深地體會到上帝造人是不公平的。

(四) 米開蘭基羅

他在有極大約束性的文藝復興時期中脫穎而出，創造了Mannerism，為後來光芒萬丈的巴洛克藝術開路。沒有米開蘭基羅，我們不敢想像歐洲的視覺藝術會是怎麼樣的。米氏的畫與雕塑的成就很多人都知道。比較少人知道的是他的詩也令人拜服。在歐洲文藝復興時期人材輩出的藝術家中，世人都讚頌達・芬奇，但單從藝術創意那方面看，達氏有所不及，不可以相提並論。

(五) 王羲之

很不幸，我們的王羲之所遺留下來的墨迹甚少。《蘭亭》書法的幾個臨摹本各不相同，使我們難以判斷何者最接近原迹，但那些可靠的雙鈎字迹，以及據說是真迹的《快雪時晴帖》的二十多個字，的確令人歎為觀止。書法因為沒有顏色，沒有畫面，應該是視覺藝術中最湛深的學問了。右軍的書法對後來書法藝術影響之大，是視覺藝術中從來所罕見的。

我本來不敢單看一些非原迹的書法就把王羲之排到第五那麼高的位置。但他的文章也顯示他確是天才。《古文觀止》是一本很有分量的書，選收了千多年諸家的佳作。王氏只有一篇《蘭亭集序》在其內，但我認為這篇文章是書中的表表者。傳說他寫時即席揮毫，就算有腹稿，也是非常難得的。

（六）倫勃朗

巴洛克藝術（在十七世紀）是歐洲藝術的一個黃金時代，不過，雖然可觀的畫家甚眾，但倫勃朗仍是其中突出的藝術巨匠！這個藝術時代的油畫，對空間與光的處理都有大成，但一個人怎可以將眾多的天才畫家比下去呢？實在不容易想像。

（七）巴哈

歐洲的巴洛克藝術可能有點怪異。在那樣的一個人材輩出的藝術黃金時代中，出類拔萃的藝術家只有三個。繪畫有倫勃朗，雕塑有布丹尼，而音樂出了巴哈。巴哈的音樂我不用介紹了。我不明白，既然當時人材輩出，為什麼一個人有如此的藝術力量，可以高出同輩幾級，把其他天才蓋得黯然失色？因此，我不能不在個人選的「十大」中，把兩個位置讓給巴洛克時期的藝術家。

（八）莎士比亞

不要以為我低貶了杜斯妥也夫斯基那樣的大文豪。但從文學天才那個角度看，莎士比亞確有其獨到之處。他的文字簡潔，用字的恰當如有神助。他的舞台劇可能因為大家耳熟能詳，就覺得沒有什麼超凡之處。但將莎翁的與其他的大家相比，就會覺得有一個不大不小的距離。毫無瑕疵的文學作品並不多見，但莎翁的作品，瑕疵到哪裡去找？

（九）希治閣

他導演的電影從來沒有得過奧斯卡金像獎，但在大學中選讀導演這一系，總不免要選修一兩科《希治閣》。在大學有系統的研究範圍內，沒有哪一位導演能有希治閣一小半的位置。我曾經以此問過一位研究導演的教授，他的回答是，撇開希氏知名的「緊張」與「恐怖」場面不談，單從藝術上的細緻、創新與整體結構緊密的角度看，希氏電影，無出其右。任何有大成就的近代導演，都或多或少受過希治閣的影響。

（十）和路狄士尼

只看他創造了米奇老鼠與當奴鴨，其天才就非同小可，在美國選出的歷史上十大最佳電影，和路狄士尼的卡通竟然有兩席之位！不用明星，不用導演，也有此建樹，可謂奇蹟。

我純從藝術天才那方面想，在紙上寫下了近百個名字，武斷地排出前十名後，才發覺最後兩位是電影界的。從歷史上看，電影是一門較新的藝術。我選的十大藝術天才，電影界竟然有兩個，雖然排在最後的位置，但也顯示這門新興藝術大有所成，人材輩出了。

二〇〇一年二月

後記

今天重讀此文，突然發覺我忽略了徐渭！這個又名徐文長又名徐青藤又名徐天池的徐渭，藝術天才之高把我嚇破了膽。繪畫、書法、詩、文章、劇作，無一不精。他是明末的人，整生命途多舛。要不是他身後的遺作把才子袁中郎嚇得魂飛魄散，我們今天可能不知道有徐文長這個人。

這樣吧，把我排名第五的王羲之抽出來，補之以徐渭。

略談關大志

一九九〇年十月十二日

（一）

以前在這裡說過，一九五五年我在香港中環的一個窗櫥前，看到當時極負盛名的攝影家簡慶福的一幀作品——《水波的旋律》——心焉嚮往，就千方百計地積了一點錢，買了一部戰前德國產的祿來福來相機，學人家拍藝術照。幾個月後，我以四幀作品參加香港國際沙龍比賽，其中兩幀入選的都被選印在該沙龍的年鑑上。這樣神乎其技，可不是因為我自己一出手就了得，而是得力於另一個人。他的名字是關大志。

在今天，香港的攝影界中不會有很多人聽過其名。但我認為他是個罕有的攝影天才。說實話，香港的攝影天才多的是：張汝釗、簡慶福、何藩、潘日波、李錫安、陳復禮、梁堅、陳平、黃貴權……。他們和另外的一些，我都很佩服。然而，純以天才論天才，我認為少見經傳的關大志獨樹一幟！可不是嗎？作為一個在香港攝影黃金時代（五十年代）被同行尊敬的攝影家，關老兄連相機也沒有一架！他的作品大都是跟朋友一道去拍攝時，在朋友暫停或稍歇的當兒借相機一用而攝得的。

關大志有過這樣的紀錄：他在一個下午之內，用一卷十二幅的一二〇底片，攝得十二幀不同的沙龍入選作品。這樣的本領令人難以置信，但我是親自見過的。如此天才少人知道，有兩個原因。其一是關氏當時付不起沙龍的參加費。其二是有實物獎的比賽他會參加，但為了要多獲獎，他會用幾個不同的藝名參加。一九五五年，祿來福來相機舉辦有獎比賽，關氏用六個名字寄出六幀，獲取六個獎。

我認識關大志有點傳奇性。五五年中買了一部舊的祿來福來，無師自通地學人家搞攝影，拍攝出來的效果不知所謂。那時我父親的店鋪在永樂街，鄰店是一家涼茶鋪。涼茶鋪的主人姓高，曾有兩幀作品入選香港沙龍。對我當時來說，他是攝影界高人了。自己胡亂地攝得一些習作，沖曬後就到涼茶鋪請教高兄。高兄達人，高談闊論，不客氣地對我的作品批評指正。

有一天，我攝得一些自認為得意之作，急不及待地跑進涼茶鋪去。奇怪的是，高兄這次看完後一聲不響，我追問之下，他才指着坐在不遠處的一位我以前從未見過面的人，說：「這是關先生，他的攝影術比我高明得多了，你應該請教他。」

年少時，我見師就拜。於是立刻將習作拿給關先生看。他看了良久，對我說：「你要知道攝影不同繪畫，光線與物體不能像繪畫那樣刻意安排。攝影要把對象看得很快，判斷得很快。你這些作品，每一幅都有缺點，顯然是『看』錯了，反應得太慢了。不過你的作品每幅都有思想，所用的光很特別，我希望能同你一起去拍攝一次，使你明白。」我當然同意。

是八月間的一個星期一，關大志帶我到虎豹別墅去。進了裡面，關氏說：「這個地方俗不可耐，但潘日波曾經在這裡攝得三幅佳作。他在這裡所攝的都是建築物，容易抄襲。作品要有創見，但初學的人不妨先學抄襲，因為假若連照抄也不懂，就談不上創新了。攝影是有它的基本法則的。」他於是指出潘氏三幀作品從何而來，說明是以角度取勝；教我如何把相機傾斜才能攝得潘氏的作品。這使我大開眼界，體會到攝影可以千變萬化。

緩步同行，歸程中我在路旁見到一個身穿破衣的孩子，在石階上哭泣。我見機不可失，立刻將相機高舉，以從高而下的角度把快門按下去。這是我入選香港沙龍及後來數次獲獎的作品。當天晚上回到家裡，高興得睡不着，依稀地見到床前不遠處放着一把打開了的雨傘，傘前擱着兩雙鞋子。我清早起來，到街上買了一把半透明的東洋傘。然後跟兩位年青朋友（一男一女）說好，帶他們到山邊一野草叢生的地方，請他們坐在地上。在半透明的傘後，二人狀若擁抱；傘前可以看見他們兩雙毫無遮掩的鞋子。這樣，觀者一望而知傘後是一雙情侶了。

這幀與傘有關的作品不僅入選沙龍，而且也是後來數以百計、內有半透明傘的作品的先驅。張汝釗顯然很喜歡這幀作品，寫了一封信給我，希望我送他一幀。他當時大名鼎鼎，所攝的多幀金魚作品可謂前無古人（至今仍是後無來者）。我受寵若驚，立刻把一傘二人之作送給他。

（二）

關大志認為我是他的朋友，而我卻認為他是我的老師。我常說我屢遇明師，關氏是其中一個。但從教的方法看，他比我所遇到過的都要高明。他從來沒有教過學生；這可見教的方法不一定要有什麼經驗，什麼理論基礎。一些人，例如關大志，好像天生下來就懂得教法似的。

假若一個學生交習作，老師一看，就在學生的面前將習作拋到廢紙箱去，你說這位老師是不是好老師？當然不是！但關大志卻是那樣做了。跟他到虎豹別墅攝影後，他告訴我以後不用給他看曬好了的相片，只給他看沖洗後的底片就可以了。但他每次看我的底片時，往往只一看就隨手把它棄如廢紙。他為師的一個超凡本領，是當他這樣做時我絕不感到氣餒；反之，他隨便地說幾句話，就令我覺得要再接再勵了。如此一來，若他對着某底片一看再看的話，我就感到莫名的興奮，說不定在底片中有我神來之作呢。

關大志很少稱讚別人的作品，所以他一稱讚，我就當然全神貫注而聽了。記得李錫安初出道時，沒有誰知道他是什麼人。關氏一看李氏的一幀初期作品——以鉛筆及大頭針為主題名為《魔舞》的靜物照片——他就對我說：「這個姓李的是誰呀？他是個天才，靜物攝影無出其右！」後來過了兩年，李錫安嶄露頭角，英國的一本攝影雜誌對他的評價真的是那麼說：「靜物攝影無出其右！」在今天，我們還是可以這樣說的。

何藩怎樣？關氏回應：「聰明絕頂！」簡慶福怎樣？「胸襟廣闊！」陳復禮怎樣？「畫意盎然！」一語中的的評價，走在歷史的前頭，其對後學者的感染力是難以形容的。可惜在今天，關大志還沒有看過陳平及黃貴權的作品。我很想知道他對他們的評價是怎樣的。

是的，老師對他人作品的評價，中肯深入，對徒弟影響甚大。加拿大渥太華的卡殊是當代的人像大師；關氏對卡殊的評價：手的安排是卡殊與非卡殊的分別。後來我有機緣到卡殊的攝影室工作了一個暑期，學到的就是他對「手」的安排。一九五五年，我攝得一幀一個木匠在木架上工作的作品。關氏一看，就說：「這是天才之作，構圖創新。」後來這作品在香港沙龍落選了，關氏很不以為然。幾個星期後，該作品入選英國倫敦沙龍；一本名雜誌選出該沙龍的最佳十幀作品，「木匠」入圍，評論者說：「構圖創新！」

說是教，關大志其實沒有教——指的是嚴格意義上的教。在認識他以後的兩年中，我們日夕同行，我旁聽他對攝影的言論，讚的讚，彈的彈，過不到一年我就學會了攝影的「哲學」。其中我最佩服的，是關氏的一段話，以之作為座右銘。他說：「以不平凡的事物攝得不平凡的作品，理所當然；但藝術的主旨，是以平凡的事物表達出不平凡的感受。」這段話，影響了我的藝術。我欣賞陳平，是因為他的攝影題材實在是平凡之極。

我在一九五七年離開香港，遠渡重洋。一年多之後，關大志因親戚關係也移居美國。我再遇到他時，是一九六五年了。那時他到美國已近七年，期間在德克薩斯州艱苦工作，經營食品商店，僅六年就發了達。我真替他高興。從來買不起相機的他，竟然一下子花了數千美元買了一整套瑞典產的「哈蘇」相機。錢用不完，他要到三藩市購置地產，就請我到那裡與他會面。大家沒有見面八年，重逢之日恍如隔世。有趣的是，他當時身邊的攝影器材應有盡有，多到幾乎拿不起來；但因為沒有時間攝影，拿得出來的「美國」作品卻一幀也沒有。

一九六五年後，我再沒有見過關大志了。據說他在十餘年前曾回港一行，大排筵席，宴請友好，一嘗錦衣日行之樂也。

傲慢與謙虛

一九九〇年十月二十六日

我從來不否認我是個傲慢的人。我認為我的缺點不是傲慢，而是傲慢之情往往溢於言表。相熟的朋友，差不多一致認為這些言表很過癮，甚至有可愛的地方。但一些不相熟的人就不免有微辭了。我從來不管後者對我的評價。所以在傲慢的言表上，數十年來依然故我。

為什麼相熟的朋友能接受我這樣的人呢？我認為答案是：他們知道我的傲慢雖然表面化，但在另一方面，我是個很謙虛的人。這話怎樣說呢？我不恥下問，求知若渴；若認為可以教我的，拜師之舉從來沒有猶疑過。

林則徐說得好：「海納百川有容乃大；山高千仞無欲則剛。」有容者，謙虛也。我不相信一個內心不謙虛的人，能真真正正地學得些什麼。另一方面，我也絕不相信胸有實學的人，是完全不傲慢的。表面上他們可能不傲慢，但在內心深處他們必有傲慢之情。因此，我認為傲慢與謙虛是沒有矛盾的。

一個人不斷地努力向上，經過悠悠歲月，自知達到了某一少有人到過的高處，然後向下一望，見到遠遠在下的人群有如盲頭蒼蠅般亂闖，連東西南北也分不清楚，這時很可能會覺得自己是天之驕子，傲慢起來了。是的，我從來沒有遇到過一個胸有實學的人，沒有傲慢之氣。至於這傲慢是在內心深處，還是溢於言表，卻各有不同。

我們中國的詩人李白，傲慢溢於言表。他自稱可以「日試萬言，倚馬可待」，也說「十五好劍術，徧干諸侯」。我覺得李白這個人很可愛，但在當時，他顯然冒犯過不少人。杜甫寫李白：「眾人皆欲殺，吾意獨憐才！」

辛棄疾的「仇家」可能有的是，因為他的傲慢也是溢於言表的。他寫道：「不恨古人吾不見，恨古人不見吾狂耳！知我者，二三子。」在人類歷史上，大概沒有人說過比這幾句更傲慢的話。楚霸王的「力拔山兮氣蓋世」也望塵莫及也。但我覺得辛棄疾比楚霸王可愛得多。

蘇東坡的傲慢，在表面化中卻帶着風趣，所以就更令我覺得可愛了。他與秦少游論詩詞的記載，顯得旁若無人。老了，牙齒都掉下來了，朋友取笑他，他傲慢而又幽默地引經據典，套用孟子名句，將「樂」字改為「落」字，「此」字改為「齒」字，說：「賢者而後『落齒』，不賢者有『齒』不『落』也！」你說過癮不過癮，可愛不可愛？

李清照是女詞人，詞意婉轉無與倫比。但對各詞家的批評，她的傲慢也近乎女人中的世界紀錄。魯迅「橫眉冷對千夫指」，毛澤東「糞土當年萬戶侯」……都是傲慢表面化的例子。

在經濟學界中，傲慢表面化得最厲害的人可不是我。一位經濟學教授問森穆遜一個問題，他反問：「初級經濟學你學過了沒有？」傲慢如斯，卻遠不及已故的夏理•莊遜。別人向莊遜問及稍有名望的經濟學者時，他通常的回應是：「(他)這個人蠢得可憐。」十八年前，我有一位同事被多倫多大學高薪聘請為正教授。他興高采烈地跑去問取莊遜的意見：「我要轉到多倫多大學去當教授，你認為該校怎樣呢？」莊遜想也不想就回答：「那是一家很偉大的大學呀，因為它是有二等腦子的人的收容所！」我那位朋友驚慌得把手上的一杯咖啡倒在自己的褲子上。

佛利民笑容可掬，妙語如珠，但某次有一位教授在他面前顯威風，敍述自己的研究心得與問題的重心所在時，他笑着說：「愚蠢的問題只會得到愚蠢的答案！」艾智仁謙謙君子，從來不以大師自居。但當他聽到一文不值的論點，他會手一擺，微微一笑，就忙顧左右而言他。高斯具有英國的最佳傳統，在謙虛中禮貌可人。然而，他曾兩次對我說：「我不明白的分析應該是錯了吧。」

我認為，生命很真實，要盡量地用，也要珍惜。傲慢不表面化比表面化可取，因為樹敵太多有害無益。但若傲慢表面化可以過過癮，那麼樹敵云云，也無傷大雅。有學之士，傲慢無可避免。傲慢表面化與否不大重要。重要的是，無論一個人怎樣傲慢，要增加知識——要贏得可以傲慢的權利——其內心一定要謙虛的。

無心答辯

一九九〇年十一月二日

不知是誰說過：「文章像孩子，有自己的生命，一旦離家而去，作者就再也管不着了。」我同意這句話。

我的《佃農理論》在六〇年代末期發表後，批評或讚揚的文章數以百計。我不僅完全不回應，而且連看也懶得看。理由簡單不過。文章既然白紙黑字地發表了，對也好，錯也好，難以收回，我多加干預實在沒有好處。另一方面，既然題材寫過了，它有它的生命，我有我的生命，互不相干，豈不兩全其美？它還需改進的地方當然有的是，但讓他人改進好了。

我有好些文章，發表後有類似的爭論性。我總是一笑置之。只有一次，我見批評的人有誤解，而這誤解是關乎中國的前途，我就破例地作一個簡單的回應。

八二年回港任職後，我這個不答辯的習慣開罪了一些不了解我的青年，因為他們覺得我把他們小看了。我怎會小看青年呢？小看青年的人怎可以為人師表？盲拳可以打死老師傅，但既為師傅，又怎會介意？令我反感的可不是那些發盲拳的青年——在大學唸書時，老師們都說我是盲拳高手。我反感的是那些自以為大師級的「後起之秀」，沒有資格設館授徒，總是要找師傅來打，希望引人注意。

有人說，批評創作者的人只有二等腦子。我可以補充說，對被批評而去反批評的人，其腦子充其量只是三流而已。我有時創作，有時評論，但人家批評時從不答辯，把自己的腦子升了一級，達到一、二流之間。愛因斯坦等人從來不評論，那是一等的腦子了。

我不答辯，可不是小看了批評我的人，而是覺得答辯少有新意，悶得怕人。一個要在思想上過癮一下的人，怎會有空餘時間去做一些無補於事的干預？有創見的思想，不管是對還是錯，歷史總會有中肯的評價，創作的人是犯不着操心的。沒有創見的言論，評價怎樣都無關痛癢，答辯就變得是胡鬧了。當然，有一些自以為大有創見的言論，其實是老生常談，不提也罷。

佛利民說，認錯是一般人認為最難做到的事，所以那麼多執政者錯了也不肯承認。我不是執政者，不容易理解他們的心態。對我來說，觀點錯了就錯了，從來沒有人因為我錯了而小看我。有機會寫有關的文章，我可以把以前的錯誤修改，但我用不着花時間去答辯的。另一方面，一些觀點我自己認為可能錯，甚至認為對的機會不大，但認為有點新意，有點趣味，也就發表出來，希望拋磚引玉，使同道中人一起研討一下。這樣的想法，也是常有的。

多年前，芝加哥大學的J. Viner教授要一名中國學生助手如此這般地畫出一些成本曲線，該學生指出他的錯處來，教授竟然不理，照樣發表。後來Viner的成本曲線圖因為錯而成了名。三十年後，該文再發表時，老教授故意不改正，在「註」中解釋他之所以知錯不改，是希望後學的人能知道大教授也可能有時不及一個籍籍無名的中國學生。

在我所知道的經濟學的高手朋友中，我想不到有哪一位是喜歡答辯的。我不是高手，但他們對我的影響是肯定的。史德拉（G. J. Stigler）是我這些朋友中對思想史最有研究的專家。他曾經告訴我，在經濟學行內，沒有誰能以答辯的方法贏得些什麼。

在批評與答辯這個無關宏旨的問題上，香港的情況比較特別。這裡有一些「後起之秀」，毫無創見，但卻喜歡寫批評文章。這些文章寫得老氣橫秋，沒有禮貌，壯矣哉！他們可能認為這樣做，就可以大師自居，引人矚目。令人矚目可以辦得到，但大師卻談不上。文章欠通，內容空泛，但「拋書包」拋得不倫不類的文章，香港是有市場的。我們這個東方之珠，刊物多，稿酬低，誹謗可以不負責任、不付費用，而對讀者大眾來說，謾罵的文章的確有點娛樂性，所以一些搞刊物的人就來稿不拒了。

佛山文昌沙的華英經驗

一九九〇年十一月九日

我曾經在香港的皇仁書院肄業。今天大名鼎鼎的簡福貽當時是我不同班的同學。最近在刊物上見到簡老兄說，在九七之後，皇仁書院的大名應改為「香港第一中學」。這把我嚇了一跳！

一九四五至一九四八年間，我是佛山文昌沙的華英中學附小的學生。今天香港的香植球，與數以十計的香港成功人士，都曾經是當年華英的學生。一九五一年，華英中學把校名改為佛山第一中學，簡稱「一中」，簡老兄似乎向華英拜師，建議把母校皇仁改名「一中」了！若真的成為事實，這是香港的不幸，是我的不幸，是簡老兄的不幸，也是皇仁的不幸。

為何如此說呢？答曰：皇仁多年來所培養出來的、數以千計的成功人士，會因為皇仁改了校名而失卻了對母校的歸屬感！佛山華英的經驗確是如此。改名「一中」後，居港的華英校友會之昔日同學就感到「敗興」之至，對「一中」(母校)所邀求的捐助置若罔聞。是的，八年前我曾赴文昌沙的華英一行，校長對我四十餘年前在該校的頑皮表現，時有所聞；也對我後來的「小成」略知一二，於是對我說：「當年華英人材輩出，但他們今天都沒有什麼歸屬感，怎麼辦？」我回答道：「把今天『一中』之名改回『華英』吧！」他當時拍案叫絕，但想不到，縱然他要改（華英的師生也要改），由於政治因素卻改不了。

一九四五年，戰後，我九歲，考進了文昌沙的華英附小，讀的是六年級。所謂「考進」，其實是投考初一不及格就降了一級，不用考了。當時，九歲讀小六算是特別年輕，可不因為我有什麼超級本領。抗戰期間，母親帶着我們一群孩子在廣西東奔西跑。我既然是讀書年齡，便要進學校，不過，只三數月又要轉校了。那時兵荒馬亂，進校時不用考試，唯一的約束是，哪一級有空位就讀哪一級。所以，我上一個學期小四，下一個學期初一，跟着的卻是小六……。申請讀華英時，他們問：「你以前最高讀到哪一級？」答曰：「初一。」於是就考初一了。不逮，下降至小六。

在佛山文昌沙的華英唸了三年書，我破了該校的三項紀錄。其一，我是他們唯一的從小六升初一，然後竟然從初一再下降小六的人！其二，我的頑皮使老師心驚膽戰。犯小過三分，大過五分，每星期六的下午，過了分的要「罰企」，在旗杆下立正的時間長短是以「過」分的多少而定。我是華英「罰企」時間最長的冠軍，破了紀錄。其三，我是華英歷來唯一被趕出校門的人！

是的，戰亂的生涯要付一點代價。左轉右轉、左插班右插班地讀書，會使學子不知進退，無所適從。但習以為常，留級、降級的怪事就變得司空慣見了。後來回港就讀，留級顯得順理成章，不留級是例外。本來比同級的同學年輕幾歲，但到我有機會進大學時，已是二十三歲了。年紀比大學的同學長四、五歲，很尷尬。知恥近乎勇，我於是急起直追。這是後話。

時光只解催人老。我在華英唸小六時，香植球與新華社的葉少儀是高三。那時，香氏不可能富有，因為富家子弟是不會跑到文昌沙唸書的。葉少儀呢？雖然她高我六年級，但對我的頑皮耳熟能詳。一九八四年，我在香港第一次遇到葉大姐，她說：「張五常的名字我早在華英聽過了，因為你當年以頑皮知名！」

留留升升，升升降降的求學生涯，所學當然無幾。然而我這留級生有兩點「過人」之處。其一，雖然讀書不知所謂，但我強記、背誦的能力是高的。級轉得多，要背誦的文章就多起來。今天，我寫文章套用古人之句時，當年背誦之功倒給我不少方便。

其二，雖然我當時的考試成績不好，但是有老師的寵愛。在華英時對我關懷備至的老師，有一位是姓呂的。無論我的考試成績怎樣差，他總把我看作天之驕子。例如作文，我十題只交出一二，但交出去後，呂老師就必定把我的文章貼在牆上。

對今天後學的人來說，我的華英經驗應該有點啟發性。讀書成績不好，要留級，或要被趕出校門，雖然不幸，但卻無傷大雅，犯不着耿耿於懷。重要的是求學的人對自己有信心，知道自己同樣是可造之材。華英的呂老師對我的後來有莫大的影響。他似乎是說，你的成績雖然不好，但我認為你是可造之材，你不應該因為成績不好就對自己失卻信心。華英當年竟然有那樣的老師，是我之幸。

後記

二〇〇〇年十一月

一九四五至四八年間在佛山華英教小六的呂老師（從來不知道他的全名），今天應該近八十歲了。希望他還健在。我很想見到他。知道這位呂老師下落的朋友請通知，弟將以書法一幅酬報。

劫後餘音

一九九〇年十一月十六日

（一）

劉詩昆這個名字，我老早就聽到過了。炎黃子孫是不會忽略這個名字的。我少年時的一位好友容國團——在文革期間被迫害而自殺的容國團——一九五九年於匈牙利獲取世界男子乒乓球賽單打冠軍。我當時在多倫多，為阿團這項建樹興奮得好幾晚睡不着。

早一年，劉詩昆在蘇聯的柴可夫斯基國際鋼琴比賽獲亞軍。這是柴氏名下的第一屆國際鋼琴比賽，精英盡出，欲得冠亞談何容易？獲冠軍的克萊本（Van Cliburn）立刻變得舉世知名。一年之後，我在多倫多的電影院裡看到劉詩昆演奏李斯特的《第一鋼琴協奏曲》，見他在銀幕上運指如飛，也就替他驕傲起來了。

然而，我們「偉大祖國」的確有其獨到之處。在共產專政下，人民被鬥的鬥，整的整，數以千萬計，使人對悲慘的事漸漸感到麻木。一個鋼琴天才的命運如何也就變得無足輕重了。所以當我後來聽到劉詩昆坐牢六年，手骨被打斷，給整得死去活來，我就覺得司空見慣。

人老了，要關懷的事越來越多，劉詩昆的不幸好像過眼雲煙，隨風而逝。話雖如此，當黎智英最近邀請我到新啟業的香港凱域酒店吃意大利晚餐，說到劉詩昆也是嘉賓，李斯特的《第一鋼琴協奏曲》又在我腦海中響起來了。我於是立刻答應，躬逢其會。

黎老兄知道我對多種藝術愛好，在餐席上安排劉氏夫婦坐在我的兩旁。這雙傳奇人物，遲到了一個小時。原來他們到香港來不及一年，廣東話聽不清楚，人生路不熟，聽到「凱域」，就跑到九龍的「凱悦」去，不對，再去「君悦」，也不對，才轉彎抹角跑到「凱域」來。（「凱域」後來改名「港麗」。）

跟劉氏夫婦談了一會，我就發覺他們很率直，是性情中人。不知是誰在席上談起我懂得攝影的事，建議我替劉詩昆拍攝一幀人像照片。我靈機一觸，說：「我樂意替他拍照，但他要為我作一個私人的一小時的鋼琴演奏，讓我聽聽。」黎智英說：「那就讓我做個旁聽者，演奏後我請大家吃晚飯。」其他在座的幾位見有琴可聽，也有飯可餐，當然沒有異議。劉詩昆這時，分明聽不懂我們的廣東話，但不管我們說什麼，他和太太都興高采烈地點點頭，表示同意。就這樣，事情就決定了。

一時間我想到劉詩昆的往事，想到等了那麼多年，我終於有機會聽到他的演奏，而且近在咫尺。我於是對黎智英說：「我又可以向你的《壹週刊》賺點稿費了。寫些關於劉詩昆的文章如何？」他喜形於色。然後我轉對劉詩昆說：「我打算寫一些關於你的文章，題目已經想好了。」跟着，我在餐巾上寫下四個字——《劫後餘音》——遞給他看。他看着，顯得很感動，連連點頭，將紙巾交給太太，收藏起來了。

我是個善於賺「外快」的人。晚餐後，大家要告辭，我跑到餐廳外的酒吧，對那位在彈着鋼琴的琴師說：「我有一位新相識的朋友，是鋼琴高手，你可不可以借琴一用，讓他在這裡為我們試彈幾曲？」他欣然答應。劉詩昆於是坐在琴前，隨着意之所之為我們彈奏了數曲，曲終而散。在燈光暗暗的酒吧內，毫無準備的演奏，其效果差強人意，比起他在六天之後，有了準備而又在氣氛良好的環境下所奏出，判若兩人。這是後話。

回家途中，我想起一件往事。大約二十五年前，在洛杉磯大學唸書時，一位十七歲的少女朋友參加波蘭舉辦的蕭邦國際鋼琴比賽，獲第三名。她聽到朋友常常談及我攝影的事，希望能看到我的作品。我當然感到高興，答應帶作品到她家裡去，但要求她能為我演奏鋼琴一個小時。她同意了。

是仲夏的一個黃昏，在那有名的夕陽大道鄰近的一條小街上，我帶着幾位當時懷才不遇的藝術朋友，準備了一些劣酒，興致勃勃地找到她那家簡陋的小房子。進門後，只見十七歲的主人一句話也不說，坐在琴前，為我們如怨如訴地彈了兩個小時。

二十五年過去了。當年懷才不遇的朋友都成了名。大家老了，偶爾相逢，談起往事，都認為昔日的豪情、興致，不可復得，感慨不已。想不到，時光老去的今天，我還要和劉詩昆遇上，還有心情來一次藝術靈感上的交流，這可以說是不讓古人專美吧？

（二）

是一九九〇年十月十四日星期天晚上的決定：六天後的下午我替劉詩昆照像，跟着他為我和幾位朋友彈奏一個小時鋼琴。當時，劉詩昆問我喜歡聽誰的作品，我的回應是誰的作品也不妨，但補充說，希望能聽到莫札特與巴哈。在藝術上說這是困難的，換言之，這是很高的要求。我明知劉詩昆是浪漫派的高手，對李斯特等人的作品可以彈得神乎其技，但對一位演奏者的音樂品評，我還是寧可從不渲不染的「純」音樂角度下判斷。我一向認為，如果一個演奏者能將最單純的莫札特音樂處理得好，他的音樂修養不會差到哪裡去。

替劉詩昆照像及安排聆聽琴技的事宜，有六天的時間準備似乎是足夠的了。黎智英建議我們一起到黃霑的家，因為黃老弟家裡的鋼琴着實不錯。但我回家後細心一想，要利用鋼琴拍攝人像，在住宅的客廳上，怎可以將鋼琴左推右移，五枝燈任意安排，而又能讓我以長鏡頭、短鏡頭，或高或低、或遠或近地取角度呢？這是傷腦筋的事，我在電話中跟黎智英說了。他也知道困難不易解決。

早上回到港大，跑到陸佑堂的演奏廳一看，覺得過於空曠，閃燈反射的效果難以預測。另一方面，那裡的管理員告訴我，該堂星期六已有另一安排，難以借出。但他說：「音樂系有一個幾百方呎的音樂室，內有鋼琴，也是屬於陸佑堂的。」我於是跑到音樂系去見該系的女秘書，說：「我姓張，聽說你們有個音樂室，可否讓我看一看？因為星期六下午我想借用，替朋友拍攝人像，也讓朋友彈奏一個小時的鋼琴給我聽。」

這女秘書聽得莫名其妙！稍一定神，她問：「你是港大的嗎？」「是經濟系。」她更聽得一頭霧水。但這位女秘書很有風度。她說：「你先去看看那音樂室。覺得適用我們再談吧。」

陸佑堂有八十年的歷史了，古色古香，是頗具歐陸風格的一座建築物，說它代表香港早期外來文化之一也無不可。內裡的音樂室顯得陳舊，但經過陸佑堂的走廊才抵達，使人有難以形容的溫暖感。進了該室，覺得其中的雜物有點淩亂，是大學常見的現象。內有兩座鋼琴，其中之一是名牌史丹域。室內環境不錯，氣氛大致上也很和諧，令人有賓至如歸之感。我於是想，這是適合之地了，大學大有知音人，借用一下不會困難吧。接着，跟音樂系一說就借來了。

我數了一下，音樂室內放着七十張椅子，顯然是為學生聽課或來賓聽演奏而設的。心想，若劉詩昆在這裡只彈奏給我們幾個人聽，豈不是「浪費」了？倒不如多請一些朋友吧。後來椅子加到八十也不夠，是我當時意想不到的。

借到音樂室後，我通知黎智英，說可以請七十個朋友，他大吃一驚說：「只有幾天時間，哪裡找這麼多人？演奏後的晚飯又怎樣安排？」港大飲食部的主事人是朋友，一向有求必應。我便掛個電話給他，說：「是保羅嗎？生意做不做？」他不知是什麼生意就決定做了。後來他在陸佑堂的隔鄰，把一間棄用已久的飯廳臨時重開，清理、安排得似模似樣，替我們一大群人供應自助餐。在這裡我謹向保羅致謝。

有了音樂系及飲食部的支持，安排一個小演奏會的困難還有不少。星期三的上午，黎智英和我決定那樣辦。但還有三天，怎可以請來七、八十位朋友？更何況星期六的晚上，一般人都有預先安排的節目！黎智英搞出版，一天之內就印好了以「劫後餘音」為題的請帖。我們大家的女秘書「先發制人」，請帖還未寄出就先以電話聯絡。

星期四早上回到辦公室，不過幾小時後我就知道請朋友的問題解決了。這是因為女秘書不斷地回報：「董橋星期六要上班，不能來，但他的老闆查先生夫婦會準時到。」「王校長有預約，但他和太太會抽空趕來聽劉詩昆，晚飯卻不吃了。」「胡菊人說陸鏗會從美抵港，可不可以一起來參加？」「副校長張祐啟沒有問題，但蘿絲副校長會寫信向你解釋。」「黃醫生說，鍾醫生會取消一些病人的約會，準時到達。」

如上的反應，當然是因為劉詩昆的大名。但我想，這反應不會僅僅由於劉氏是有名的鋼琴家。就算鋼琴演奏者是當世獨一無二的大師，也不可能有那麼多朋友放棄他們預定的活動或中途抽空而來。也許劉氏不堪回首的經歷，使很多朋友心酸或同情，於是想也不想就要一睹他的風采為快。後來他們都說不負此行，因為劉氏的琴音着實使他們感動，有幾位甚至流下淚來了。

回頭說，解決了一個困難，卻解決不了另一個。黎智英和我各請各的朋友。因為那時以為要請七十位不容易，所以大家都沒有嚴格的數字約束。這樣一來，不多時大家都請了過多的人。原本只有七十個座位，但動「工」後不久，大家將名單加起來，已越八十。聽演奏可以站立，但吃晚飯的地方只能容七十座位。保羅盡其所能才把餐位加到八十個。有好些名單上還要請的朋友，我不能不當機立斷地割愛了。

我希望那些事後埋怨我不請他們的友好諒解，他們失去這番機會，可不是因為我「忘掉」他們，而是迫不得已。另一方面，有些被請而推卻的，聽到該演奏會的成功，大嘆「緣慳」，要我再辦一次。我的回應是，那樣感人的小型演奏會，可遇不可求，可一而不可再也。

（三）

工欲善其事，必先利其器。攝影也如是。說實話，我一向對那些以攝影工具欠佳為口實而自誇本領高強的人，不以為然。作品的高低只能從作品本身來品評，以為工具欠佳可以「加分」是無稽之談。在攝影這門玩藝中，嚴謹的人像攝影所需的工具最複雜。少年時初學人像攝影，用燈兩枝；後來三枝、四枝地加上去。到了今天，我喜歡用六枝或七枝。燈多而光影不亂是我的專長。

在攝影室內拍攝人像，工具的多少可以隨意使用，但替劉詩昆攝像是在港大的音樂室，工具問題不易解決。我慣用的人像照相機笨而重，不易攜帶，而普通的三腳架應付不了。又因為要顧及鋼琴，最少我需要五枝燈。我在星期三通知了馮漢復，告訴他我的所需，請他為星期六的攝像作點準備。馮老兄身經百戰，認為在工具上不會有問題。

到了星期五，漢復給我電話，說陳平也要來趁趁熱鬧，也可幫忙攜帶工具。這使我欣慰之至。陳平是當世的攝影大師，眼光與判斷力都有獨到之處。現在他見義勇為，拔刀相助，我就放下心頭上的、工具不足的憂慮。

星期六下午的攝像大約用了一個半小時。劉詩昆在練琴，我們在擺燈、試鏡、對焦、攝像，忙得不亦樂乎。我決定不作生硬的擺布，讓劉詩昆在琴前悠然自得地自由發揮。如此一來，對焦就不容易了。主角在琴前左搖右晃，雙手於鍵上或高或低，忽左忽右，而他的臉方向無定，使得燈光有時是「對」了，有時是「錯」了。這樣的人像攝影要靠運氣。快門按了七十二次，其結果是：一幀甚佳，其他有兩三幀算是可取的。

下午四時四十五分，距離演奏時間十五分鐘，我請劉詩昆稍事休息。來賓跟着抵達，八十多人擠身於一室。早兩天，我為了要介紹劉詩昆給這天的聽眾而搜集了一些關於他在文革期間的資料，不忍卒讀，但還是讀了。

五時十分，我站在來賓面前，告訴他們那是攝像與彈奏的藝術交流之約，本來是為我和幾位朋友的彈奏，但當我見到音樂室可容八十聽眾時，就想到與多一些朋友分享其樂。事前只有幾天工夫安排，不少朋友推卻其他約會來參加，我是感激的。然後我談到劉氏少年時所獲的榮譽。但當我說到他在文革時的遭遇，噎不成聲，差點哭了出來。我於是立刻改變話題，不談文革，轉到二十多年前我在洛杉磯與一些懷才不遇的藝術家朋友交流的往事去，說那時對音樂的欣賞學會了一些。六天前我才認識劉詩昆，也就急不及待地要介紹這位新相識的新朋友了。

劉詩昆在掌聲中走到鋼琴前，很有禮貌地向來賓鞠躬，坐下，介紹自己要彈的，才開始演奏。每曲告終時他都站起來，向來賓鞠躬，介紹下一首作品。五十五分鐘的演奏，他一共彈了九首：巴哈、莫札特、貝多芬、蕭邦、舒伯特、李斯特，以及一首自己的作品，還有歌劇《卡門》的改編曲，最後是《血染的風采》。

從巴哈、莫札特，與貝多芬（《月光曲》的第一章）的處理聽來，劉氏的音樂修養超出我以往讀過的關於他音樂的評價，而他那首蕭邦的演繹是大師手筆，使我喜出望外。

當然，劉氏的絕技，是李斯特的《第六匈牙利狂想曲》。這是李斯特的作品中非常難奏的一首，技術的要求高不可攀。一九五六年，十七歲，他以這作品獲李斯特鋼琴比賽的第三獎。當年他演奏後全場觀眾站起來鼓掌；後來舉辦該賽的人見他僅獲第三名，就取出李斯特的一束頭髮送給他作為紀念。三十四年後的一個星期六，他在我們面前演奏此曲，其驚人之琴技，不減當年，掌聲雷動是不難理解的。

在美國尤其是在芝加哥時，鋼琴演奏會我不知去聽過多少次，但從來沒見過演奏者那樣投入，聽眾那樣全神貫注地聆聽，起了那樣感人的共鳴。古色古香的陸佑堂，面積僅幾百方呎的音樂室，來賓都是有識之士，都可能協助了這個小聚會的成功。後來劉詩昆的太太告訴我，她很少看見她的丈夫為一個演奏會那樣緊張地作準備，演奏時那樣激動。

是的，劉氏的演奏，錚錚然有悲憤之音，也有一點淒涼。早一天，音樂系才派人將鋼琴的音調修好。但劉氏在演奏李斯特、《卡門》、《血染的風采》的幾曲時，動了真情，指如鎚下，發出激越的金戈之聲。到後來，琴音也給彈得「變」了。

音樂系的女秘書與系主任當夜也在場，聽得很感動。據說事後鋼琴要修理，他們不僅不介意，而且與有榮焉！

（四）

「四美具，二難并！」是王勃說的。「四美」者，「良辰、美景、賞心、樂事」也；「二難」者，「賓主、朋友」也。十月二十日的下午及晚上，劉詩昆為我們八十多人而彈的小演奏與後來的晚餐，使我想起上述王勃的話。

我是個不懂得搞盛會的人——怕搞，也懶得搞。我平生只搞過幾次有意思的集會，時來運到，每次都很成功。在香港，一九八八年九月，替佛利民搞一個千多人的收費演講，所得的款項是要捐出去的。結果全場滿座，門票的總收入為六十多萬元，應該是香港的一個紀錄了。劉詩昆的演奏會來賓少得多，但大家在心底裡的共鳴使我想到蘭亭之會。

我們不容易見到那樣感人的場面。當最後的《血染的風采》一曲既終，我忍不着站起來鼓掌，其他嘉賓也都站起來，掌聲歷久不絕。沒有誰要求劉詩昆再彈什麼，因為他們都覺得劉氏在激動中演奏後，站起來時似乎有點疲倦，應該適可而止了。我趨前跟劉氏握手，他像我一樣，有無限的感慨。一位小姐把鮮花送上，劉氏把花緊抱着。

我跟着介紹他給站得較近的朋友，然後告訴大家，吃自助餐的地方相隔不遠。可能大家聽劫後的琴音都聽得呆了，如夢初醒，才緩緩地走着。幾百步的路，走了十多分鐘。

王賡武走到我的面前停下，若有所感地自言自語道：「中國究竟埋沒了多少天才？」王校長是看了張德培的網球賽後匆匆趕來的。網球賽下半場是大明星蘭度之賽，他也不看了，寧取劉詩昆而捨蘭度也。事後他還有宴會，不能參加我們的自助餐，但還是與太太留下來好一段時間，跟我們喝點酒，談談剛才聽得的劫後琴音的感受。

一位日籍婦人熱烈地握着我的手，用流利的英語說了好些話，大致都是感動、感激之辭。當時所有的來賓都那樣說，但我自己也如夢初醒，在興奮中彷彿什麼也聽不清楚。

從陸佑堂沿階而下時，見查良鏞扶着走路不大方便的胡菊人，一步一步地關懷備至。很多年前，他們有過老闆與僱員的關係。外間傳說，他們分手時有點過節。我想，過節不一定有；就算有吧，陸佑堂的石階之後，也不可能再有了。心想，難道劉詩昆的劫後餘音真的有那樣的感染力？

吃自助餐時，我坐在劉詩昆的旁邊；忍不住對他說；「今晚我聽得清楚，你的琴音比克萊本（Van Cliburn）勝一籌，你當年（一九五八年）怎麼會輸給他的？」劉氏回答說：「那時我的技巧比他好，但感情卻有所不及。我在文革之後才深深體會到感情是怎樣的一回事！」

這幾句話有深刻的哲理。慘無人道的事可以把人的感情粉碎，也可使一些機會主義者變得言不由衷。但對於百折不撓、生命力強的鋼琴家，那不幸的往事，可以成為一種動力，使他深藏不露的真情實感在琴鍵上爆發出來。

今年一月，劉詩昆夫婦得到有關方面的協助，從國內來港定居。這是香港之幸。起碼今後我們可以說，我們也有一個世界級的鋼琴家了。劉詩昆今年五十一歲，來日方長。他應該還有二十五年的演奏生涯。雖然在彈奏慢曲時，他曾被打折過的右手有輕微的顫抖，但懂得欣賞音樂的人是不會計較這「小節」的。

寫到這裡，是凌晨三時了，書房外的風聲若斷若續。重陽節剛過，那應該是北風，天氣快要轉涼了。我呆了一陣，向窗外遠眺，只見華富邨有些人家還亮着燈光。想起劉詩昆的經歷，昔日讀過的一首宋詞——孫巨源的《河滿子》——在腦中出現，我禁不住流下淚來。那首詞是這樣說的：

悵望浮生急景，淒涼寶瑟餘音。楚客多情偏怨別，碧山遠水登臨。目送連天衰草，夜闌幾處疏砧。　黃葉無風自落，秋雲不雨常陰。天若有情天亦老，遙遙幽恨難禁。惆悵舊歡如夢，覺來無處追尋。

數學淺談

一九九〇年十二月十四日

數學是一門很特殊的學問。怕數學的學生數之不盡。對一門學問產生了畏懼之心，要學得好就困難之極。是的，在學校的眾多科目中，怕數學的人遠比任何其他科目多。另一方面，一些學生——小部分的學生——似乎天生下來就不怕數學，考試時易如反掌似的。在這些喜歡數學的學生中，有一部分根本不用做什麼功課。平常只聽聽課，翻翻書，就名列前茅。

善數的人顯然有點天分，有點不容易理解的天分。我曾經提及，數學天才與下棋天才有一點共同之處：他們的「奇異功能」來得很早。但除此之外，數學與下棋的天分似乎沒有一定的關聯。很多人認為這二者息息相關，但我知道的反證例子不勝枚舉。我在這個有趣的問題上想了很久，其答案是：下棋的本領是對未來變化的推斷，數學的本領是左右相等變化的推理，二者截然不同。下棋沒有「量」，沒有相等這回事，而「相等」卻是數學的靈魂。

假若我們一定要找一種與數學有關的天才，那麼絕大部分的讀者做夢也想不到是什麼。我的答案是：數學天分與音樂天分有一定的關係！這個關係可不是我發現的。

幾年前我讀過一篇關於這「關係」的報道，後來偶有機會，就在自己所知的例子中加以引證，其結果差不多十無一失。當然，懂音樂的人可能完全不懂數學，懂數學的可能不是知音人，但一個善「數」或善「音」的人，懂其一不懂其二，若要二者兼得，會是「順理成章」的容易事。

對數學與音樂相關這一怪現象，我也想了很久。我的答案是，撇開對耳朵有毛病的例外者不說，音樂與數學有一個重要的共同處：二者都是以符號代替某種量；而「量」的相等（或不相等），於數學與音樂都同樣重要。是的，音律的高低、強弱、快慢、長短，都是量，都是以符號代表的。這些，在概念上，數學與音樂相同。下棋既沒有量，也沒有符號，所以與數學的天分就沒有什麼牽連。

數學與音樂還有一個共同處：這二者的天才往往在很年輕時表現出來。這一點，下棋的天才也類似。可能因為下棋與數學的天才都有早發的現象，而二者的逐步推理也有相同之處，所以就使人認為這二者有一定的關聯了。我個人的觀點是：推理的能力在任何學問上都重要，所以我們難以「推理」的理由來判斷某兩項造詣所獨有的關聯；但「量」與「符號」是很特別的因素，而這二者似乎只有數學與音樂是不可或缺而「並重」的。

我可以把自己作為一個例子，將以上的有趣問題分析一下。在經濟學者中，我的數學水平實在平平無奇。史德拉曾經對人說：「當世少運用數學的經濟學者只有三人：艾智仁、高斯、張五常。」這顯然是誇張一點。艾智仁的數學本領不俗。我不怕數，在大學時學數學很快上手。問題是，學懂了的數，我過不了多時就忘記了。在統計學上我的經驗也是如此。

奇怪的是，我對數學的記憶力差，但在其他科目上我的記憶力很強。抽象推理的能力，我也是可以的。我的數學本領平平，不是因為我不明白，也不是因為我推理上有困難，而是因為容易忘記。「符號」與「量」相連的記憶，我有所不逮。於是，在左調右調的相等「符號」與「量」的數學中，我很容易一下子把方程式忘掉了。

假若我對自己上述的分析是正確的話，那麼不善於數學的人是有一個頗為特別的弱點。我學數學學得快，是因為推理推得快。不幸的是，我忘記得也快。我不怕數學，是因為在學問上我是個天不怕、地不怕的人。在經濟學上我少用數學，不是因為我怕用，而是因為既然在推理上可以層次井然，就認為無須刻意地把數學強記而用之。

後學的人也許從我的經驗中能得到一些啟發。怕數學，既不治標，也不治本。若對數學膽怯，敬而遠之，怎可以學到？數學的天分，像音樂一樣，很奇特。不放膽嘗試就不能發掘自己那方面的才能。就算沒有天分、不善數的人的弱點也很奇特，有這弱點的人應該不多。就算有弱點吧，只要不膽怯，勇往直前，還是大有可為的。

我認為怕學數學，是因為數學是另一種語言。任何人初學一種語言，都會因陌生而產生某程度的恐懼感。文字（語言）也是一種符號，而數學是符號加「量」及相等的推理。這是說，數學是一種特殊的語言了。於是，初學的人就會一怕再怕，怕得心驚膽戰，不敢問津。

要學數學，首先要理解數學是什麼的一回事。我不明白為什麼中、小學的數學老師們，從來不在這方面詳加說明。學生對一種學問不知大概，會避之惟恐不及，而彷彿只有生來有天分的才可窺其門徑。這也許解釋了為什麼善「數」與不善「數」的學生有那樣大的差別。

熱情與悲哀

一九九〇年十二月二十一日

人畢竟是熱血動物。可能因為這個緣故吧，人可以變得很熱情，很衝動，但也可以由於太熱情而失卻了理性。這是人類的不幸。在這方面，中國人的不幸，縱然不是世界之冠，也一定位於前列。

記得在抗日戰爭期間，母親帶我們一群孩子逃難。雙十節時，生活艱苦的市民都熱情地跑到街上，以他們少之又少的積蓄買些燈籠之類，在街上遊行慶祝。到了戰後，我在廣州鄰近的佛山唸書，一九四八年初，還未「解放」，清早起來，我們一大群學生就站在廣場上，力竭聲嘶地大唱《義勇軍進行曲》。

後來韓戰爆發了，不少中國青年戰臥沙場。喪失了孩子的家庭得到一面木牌，上書「光榮家屬」。這樣一來，一些家庭的孩子沒有被徵入伍，或上陣而不戰死的，父母就覺得不夠「光榮」而大哭起來了。這是鬧劇，也是悲劇。不知怎的，對國家大事，我感到激動的只有一次——那是去年六四的前前後後的事。

不久前，中文大學的翁松燃請我到那裡參加一個討論會，題目是《中國的社會主義》。這把我嚇了一跳。中國是什麼「社會主義」呢？中共建國四十一年，其中四分之三以上的時間，其制度腐化到核心裡去！我們想破了腦袋，不可能想得出更劣的制度；想破了腦袋，也不能想得出這制度有半點可取之處。享受極端不均，黨員恃勢凌人，幹部論資排輩，威風十足。此外舉國謊言滿天，學術賤如糞土，後門、貪污觸目皆是。人民大眾被鬥的鬥，被整的整，被弄得死去活來的數以千萬計，還有閑情逸致去說什麼「社會主義」！你說奇不奇？中國的共產政制是對社會的侮辱，是對人類的侮辱！

我曾經談及，少年時的一位好友容國團，帶着赤子之心回到祖國去，在體壇上為祖國爭取到一個「世界第一」，足以光宗耀祖，但在文革初期，被指為什麼美國間諜，懸樑自盡了。近幾個月來，我有幸認識了兩位中國的藝術天才，他們對我說及文革時的往事，使我為之憤激，心境難平久之。

這兩位藝術天才，一位是鋼琴家劉詩昆。劉氏在文革時的經歷，駭人聽聞，很多人都知道，這裡不應贅述了。另一位是畫家林風眠。林氏作品的功力所在，是西洋畫的新印象派——但氣韻生動的畫面，卻充滿獨特的、東方的抒情意境。在印象派這方面，中國能拿出來與歷史上的大師相提而並論的，只有林風眠一個人。林氏的藝術發展很有傳奇性，將來有機會我會詳加介紹的。他今年九十歲，我能在他的晚年認識他，是我之幸。

不久前，與林風眠進晚餐，在席上他談到文革時的一段往事。他曾經用了八年工夫，精心繪畫。遇到文革，要被抄家，他就將千多二千幅心愛之作，放到浴缸內，加了水，踏為紙漿！一個藝術家竟然「肯」將自己心愛的作品，這樣親自動手毀滅，其內心的痛苦是難以筆墨形容的。嗚呼！是什麼政制，是什麼人道，是什麼社會，會逼使一個善良的藝術工作者這樣做？說共產政制有什麼優越性，這不是開玩笑嗎？

這些事，我思之惘然！我是個不信風水的人，然而，若說沒有風水這回事，是什麼要炎黃子孫受這樣的折磨呢？我們究竟犯了些什麼彌天大罪？一個慘無人道的、傷天害理的政制，為什麼可以維持了數十年？這個經濟學的難題，我久思也得不到答案。是時也？是命也？是運也？

有人說，藝術家是最沒有政治野心的人。我同意這句話。劉詩昆愛琴如命，要搞政治也不可能有時間。他犯了什麼罪？也許是因為他當時是葉劍英的女婿吧。林風眠愛畫如命。其人笑容可掬，善良如處子，開罪人的話半句也不說。為什麼文革時他要被關進牢獄中，雙手被縛於背後，俯腰飲食達四年半之久？

這些都是難以解答的問題。不得已而求其次。我於是想：假若炎黃子孫沒有當年的熱情，也許就不會有跟着而來的悲哀吧！

也算談詞

一九九〇年十二月二十八日

陶淵明所寫的五柳先生——應該是寫自己吧——好讀書，不求甚解。對中國的詩詞，我好讀，但也不求甚解。於是，對唐詩宋詞，我能夠背誦的頗多，但所知卻不深入。

在美國求學時，整天不斷地工作，每個深夜，帶着疲倦之身往牀上躺下來時，腦海中還是想着日間所想的學術問題，難以入睡。要入睡先要「洗腦」。我洗腦的辦法，是拿一些與日間學術無關的書籍來看，半小時後就倦極而睡着了。我的「洗腦」讀物，來來去去都是牀頭的一疊中文書籍，讀完又再讀，持之以恆。這些讀物包括金庸的武俠小說、古文評註、唐詩宋詞。

說起來，在八二年回港之前，我絕少用中文寫文章，就是書信也少用中文。我寫中文的「功力」，可以說，其中有好一些是從金庸的武俠小說中學回來的。這好比一個人每天按時在少林寺練鐵沙掌，二十餘年不斷地練，但從未跟人交手過招，這鐵沙掌管不管用是一個有趣的問題。幾年前我開始為《信報》寫稿，出鐵沙掌時心驚膽戰——寫得生硬之極。但寫了幾篇後，就自覺漸漸得心應手，過癮之至也。

我喜歡詞，因為覺得長、短句比什麼五言、七律等來得放，朗誦時大有心曠神怡、寵辱皆忘之感。且讓我在這裡以個人的喜愛，排列一下我喜歡的詞人，替他們每人選詞一首。為了要使讀者過癮，我所選的「代表」作不以家喻戶曉為準則；通俗的詞可能不夠新鮮，詞雖絕妙，但因為通俗就可能不耐咀嚼了。

我喜歡的詞人是辛棄疾，而在這裡我要選的詞是比較少為人知的一首《滿江紅》：

敲碎離愁，紗窗外，風搖翠竹。人去後，吹簫聲斷，倚樓人獨。滿眼不堪三月暮，舉頭已覺千山綠。但試將一紙寄來書，從頭讀。　相思字，空盈幅；相思意，何時足？滴羅襟點點，淚珠盈掬。芳草不迷行客路，垂楊只礙離人目。最苦是立盡月黃昏，闌干曲。

第二個詞人是蘇東坡。這裡我選的是他的一首《卜算子》：

缺月掛疏桐，漏斷人初靜。誰見幽人獨往來？縹緲孤鴻影。　驚起卻回頭，有恨無人省。揀盡寒枝不肯棲，寂寞沙洲冷。

第三個是李清照。這裡我選她的《鳳凰台上憶吹簫》：

香冷金猊，被翻紅浪，起來慵自梳頭。任寶奩塵滿，日上簾鈎。生怕離懷別苦，多少事，欲說還休。新來瘦，非干病酒，不是悲秋。　休休！這回去也，千萬遍陽闌，也則難留。念武陵人遠，煙鎖秦樓。惟有樓前流水，應念我、終日凝眸。凝眸處，從今又添，一段新愁。

第四應該是李後主。李煜的詞，差不多每首都家喻戶曉，很難取捨。假若要從通俗的角度來說，那麼李氏的《虞美人》的確名不虛傳：

春花秋月何時了，往事知多少？小樓昨夜又東風，故國不堪回首月明中！　雕闌玉砌應猶在，只是朱顏改。問君能有幾多愁？恰似一江春水向東流！

第五個我喜愛的詞人很難選，因為宋代詞家高手甚多，只好跳到清代的納蘭容若了。他名性德，出身滿族貴家。善於騎射而精於詞；試看他的《長相思》吧：

山一程，水一程，身向榆關那畔行。夜深千帳燈。　風一更，雪一更，聒碎鄉心夢不成。故園無此聲。

後記

這篇文章是十年前寫的。時日的消磨使我的品味有所改變。五十五歲時我喜歡蘇東坡的《卜算子》，今天六十五歲，我比較喜歡他的《定風波》：

莫聽穿林打葉聲，何妨吟嘯且徐行。竹杖芒鞋輕勝馬，誰怕？一蓑煙雨任平生。

料峭春風吹酒醒，微冷，山頭斜照卻相迎。回首向來蕭瑟處，歸去，也無風雨也無晴。

二〇〇一年二月

喜見後浪推前浪

一九九一年一月四日

在我們那一代，能到外地留學的中國學生，絕少唸經濟學的。在洛杉磯加州大學八年，我只遇到過兩位讀經濟的中國同學：一位來自台灣，一位來自香港。在加州長堤大學兩年，一個中國的經濟生也沒有。到了芝加哥大學，同樣兩年，也是不曾見到過一個唸經濟的中國學生。要是我能在芝大多留幾年，今天在香港的王于漸與袁天凡就可能是我當時的學生了。一九六九年，到了西雅圖的華盛頓大學，任教十三年。中國學生唸經濟的知多少？只有三個。

是的，我們那一代到外地留學的中國子弟，要不是選修工科，就是數、理、化。經濟學則甚少有問津者。這不是說當時亞洲人對經濟學沒有興趣：其他地區如泰國、菲律賓、韓國、日本等，唸經濟學的學生有的是。至於中國的學生，或因大陸閉關自守，除了馬列的學說什麼也不准學，或因台灣信奉那三民主義，又或因香港只求事業有成，經濟科學云云，不學也罷。

多年以來，談起世界上頗有知名度的中國經濟學者，數來數去也僅是劉大中、蔣碩傑、鄒至莊等三數人而已。這比起工程學與自然科學的中國學者之人材輩出，不可以同日而語了。

十年前大陸開放，到外地求學的中國青年，數逾萬人。這些新秀，見有機會深造，就力爭上游，成績大有可觀。他們當中唸經濟學的，為數着實不少。美國有中國同學會，不在話下，但幾年前竟然有在美中國學生的經濟同學會了。這顯示選修經濟的學生人多勢眾——至於其他學系的中國同學會，則未之聞也。

為什麼近十年來，中國學生一反常規，興趣轉到經濟學那邊去？我的答案有三點。第一，中國大陸的學生，大部分對數學都有很好的基礎，而數學對經濟學是大有幫助的。這並非說大陸的學生對數學的天分特高，而是因為數學沒有什麼明顯的內容——尤其牽涉政治的內容！是的，任何有內容的學問，在中國的制度中，不但不受歡迎，且可招來殺身之禍！可不是嗎？任何與「正確」的政治思想牴觸的言論，都是彌天大罪。學問若有內容，說「錯」了半句，其後果不能低估；多學更是無益之至也！唯有數學——純數學——毫無內容，分明是安全地帶，於是就被好學的人重視了。

第二，在文革期間，中國的學子雖然對有內容的學問往往一竅不通，但在生活中他們所體驗到的卻很「豐富」！慘無人道的政制，就是白痴也會有一點感受，會對世間的事提出疑問，也因而多知道一點「世故」。對世事有所領悟，唸經濟學是有幫助的。第三，中國大陸有機會到外地求學的學生，對祖國有赤子之心，希望中國能好起來。對也好，錯也好，他們當中有不少人認為經濟學的知識能協助中國的改進。

以上三點，解釋了為什麼近十年來，有那麼多中國學子在外國進修經濟學。北美如是，歐洲如是。我知道這個發展已有好幾年了。然而我想，經濟學要學得好不容易，更何況中國大陸的學生對市場一無所知，又怎會學得出人頭地呢？以國際水平而論，楊小凱的經濟學差強人意；後來我聽到芝加哥大學出了一個陳毅夫，哈佛大學有一個中國學生名列前茅，但他們出道不久，尚未發表過特別重要的文章。

幾個月前，我聽到一位在賓州大學專攻財務學的中國學生，畢業找工時多間名校搶着要，也就注意起來了。殊不知到了幾個星期前，向我們港大經濟系申請任職的四十二人中，竟然有九位是中國大陸的學生。這九人中有兩位令人矚目。雖然我們不一定有空缺可聘請他們，但他們的經濟學成就是大可受聘於港大而有餘的。

這個發現，使我既驚且喜！驚者，自己年紀大了，再難與這些後起之秀爭長短也；喜者，見後繼有人也。長江後浪推前浪，可以信矣。我可以斷言，不出十年，起碼會有一個從中國大陸到外地求學的經濟系學生，在國際上的成就勝於我！想到這一點，我不禁欣然！

惠州行

一九九一年一月十一日

廣東惠州是先父的故鄉。雖然我在香港出生，但依照中國的傳統，那也是我的故鄉了。說來慚愧，這個有山光水色的故鄉，我平生只到過三次，都是短暫的勾留。

第一次是香港淪陷之後，母親帶着孩子們往廣西避難，途經惠州，住了一晚。那時我只有六歲，在蘇東坡生活過的西湖畔觀望了一下，其後夢裡依稀，記不清楚了。第二次是幾年前，為了作經濟調查，與幾位助手深入「不毛」之地，跑到惠州去了，也是住了一晚。那一次，惠州在濕雨中一片陰沉，使人有去國懷鄉，滿目蒼涼之感。在那樣的環境下，訪蘇學士愛妾朝雲之墓——連同六如亭——倍增哀思。那時惠州看來像窮鄉僻壤，垃圾滿布西湖畔，給人的印象不大好。

第三次訪惠州，是上月初的事。話說不久前，與一些朋友閑談，我說，要是惠州西湖的垃圾能大加清理，那麼該湖雖小，其風光應該勝於杭州的西湖也。這些朋友雖然沒有到過惠州，卻不相信我所說的。杭州的西湖名滿天下，惠州少見經傳，又怎可以相提並論呢？我於是解釋說，杭州西湖，蘇子瞻只建造了蘇堤的一部分，但惠州西湖是由他親自全面改進的；人造的勝景，是要一氣呵成的；惠州西湖應該是小而秀麗，杭州西湖大而不和諧。朋友們不信服。我於是搞一個二十多人的旅行團，帶他們和其他朋友一起到惠州去，也是住了一晚。這一行，上述的朋友們不一定對我的「西湖」觀點信服，但也同意惠州值得一遊。

一別數年，惠州的西湖清潔得多了。湖上的垃圾去如黃鶴，這是西湖之幸，也是惠州之幸。我這次重臨，天色晴朗，只可惜冷一點，風大一點。除此外，我和朋友都玩得開心，興盡而返。

惠州是一個小城鎮，離香港只有五、六十公里的路程，但因為公路欠佳，過關時又費時失事，所以從香港去要四個小時。如果從香港到惠州，其間有像美國那樣的公路，四十分鐘就可抵達。我於是想，假若四十分鐘可達蘇東坡居留過的名勝之地，香港的遊客必定激增，這項公路投資的主意似乎不錯，應該可以考慮。然而，我老是不明白，為什麼通過香港、深圳時的關口會是那樣麻煩而令人頭痛的事？而深圳之後的所謂第二線，過關時又再一次令人頭痛！中國大陸要賺取外匯的權威人士究竟是怎樣想的？

惠州的去處不僅是西湖。到那裡購買一些土產，或到飯店吃一頓晚餐，價錢着實相宜。自由市場的小販比深圳的老實得多，行騙的意圖甚少。可口的臘腸價錢是香港同樣貨色的三分之一，有名的梅菜一斤不過幾塊錢，此外番薯乾等雜食觸目皆是。是的，遊客口袋裡只需有二、三百元，在惠州的市場東闖西遊，會有一定的「優越」感與收穫。花三、四百港元，梅菜多得要拿也拿不起來了。

這次惠州之行，日期的安排可不是我自己的主意。事前，朋友說這天沒空、那天沒空，我就跟着左改右改。後來改定了，卻剛好是我的生日！不知是哪位好事之徒洩漏了風聲，朋友們就興高采烈地替我祝壽起來了。那是在西湖大酒店頂樓的歌廳之內，顧客不多，我們二十多人佔了一大半。也不知是誰神通廣大，在酒店弄到一個生日餅，洋燭一枝。生日歌人人都會唱，使我覺得自己忽然重要起來了。

更可喜的是，袁天凡經不起朋友的要求，為我的生辰在卡拉OK的米高風前，高歌一曲！袁老弟在唱，我卻在想：他是香港聯合交易所的老總呀，怎學到這「隨遇而安」的本領？我又想，這個出自芝加哥大學的後起之秀，有恃無恐，不滯於物，總算不辜負芝加哥學派的傳統了。中國大陸的高官能這樣做，恐怕是下一個世紀的事吧。

在惠州歇宿一宵，清早起來，進了早餐，就暢遊西湖去也。可惜我們只有兩個鐘頭的時間，不能久留。惠州西湖沒有楊柳，而其時也不是春天，但在離別時我還是想起宋代張孝祥的一首《西江月》詞：

問訊湖邊春色，重來又是三年，東風吹我過湖船，楊柳絲絲拂面。　世路如今已慣，此心到處悠然。寒光亭下水如天，飛起沙鷗一片。

知識就是力量

一九九一年一月十八日

英諺云：Knowledge is Power!——「知識就是力量！」如非通過翻譯之筆，中國歷來沒有這句話，或類似的說法。這是中國人的悲哀。

力本來是有形之物，但從西方文化那方面看，無形的思想，也是力量了。我不是說在中國文化傳統中，沒有類似的概念——事實上，中國人的抽象思想能力絕不後人。但在中國的成語中，這樣的話似乎沒有聽過；而中國人低貶知識的力量，由來已久。在傳統上我們有墨守成規的某家某家學說，在革命中我們的口號琅琅上口，知識是何物不值一提。

回顧歷史，我覺得幾百年來，中國執政者中尊重知識的重要人物，只有清初的康熙。康熙真是一個開明的好皇帝。在一個閉關自守的國度中，他的思想開放得令人難以置信。他歡迎外來的賓客；還不恥下問：「你能否教我怎樣改進人民的生活？」這句話，中國的執政者再沒有「下問」，已有好幾百年了。

慈禧太后要建造頤和園，沒有經費，就動用海軍的糧餉。後人唾而罵之。為什麼慈禧要那樣做？答案是：康熙老早定下法例——永不加稅！說起來，這個皇帝以少數民族之「尊」竟能把整個中國管理得頭頭是道，也不過是以知識化為力量。他博學多才，有恃無恐，不是凴其力量是凴什麼？

從小我就欣賞「知識就是力量」這句話。因為自己手無搏雞之力，就逼着要向知識那方面打主意。在美國的學術界內，知識與力量的相連是一個黃金定律。

記得在越戰爭期間，美國不少青年反戰。這些青年之中有一部分是什麼也要反的。在洛杉磯加州大學的經濟系內，有三幾個屬於造反派的青年教師，跑進艾智仁的辦公室內說：「你們老頭子有權，我們後生小子沒有，所以非造反不可！」艾氏氣定神閑地回答說：「知識就是力量。你們何必造反？只要你們的經濟知識能勝過我，『權』就是你們的。」

是的，在學術行內，知識不僅是力，也是權。若知識與權力不連帶在一起，那麼學術的發展就困難了。八二年我回港任職，當系主任，朋友問：「校方給你很大的權力吧？」我回答說：「那種權力有等於無，因為行政上的權力可有而不可用：一用起來，同事們不高興，這權力就無所適從。」不久前，港大一位行政人員說：「你是系主任，權在你手上！」我回答：「我們經濟系誰做主任也沒有分別。誰對經濟學知得多，誰就有權，這是因為我知道其他同事都是以知識作權力的後盾。」他聽得莫名其妙，可能他沒聽過或忽略了「知識就是力量」這句話。

自八二年回港任教職後，我就開始對「知識就是力量」之説有點疑問了。在我們這個東方之珠的大都會中，知識歸知識，權力歸權力。這本來沒有什麼不妥。問題是，教育界中有些稍有權力的人，拜了毛澤東為師，視知識如糞土。

香港的教育真的是無奇不有。某些管理考試事宜的人似乎對我説：「你們當教授的懂得教學，但考試的事不是你們的專長，還是由我來管吧。」某些以教育為己任的專家似乎對我説：「你們教授的學術水平比我們高得多，但你們只懂學術，不懂教育，這後者非由我們來管不可。」一些因為學問平平無奇而逼着要搞一些可有可無的行政的人似乎對我説：「你們的學問看來不錯，但你們在學生之間可以私相授受，胡作非為，我們非管不可！」這真是從門縫裡觀人，把人看得扁了。

近乎上述的諸如此類的話，我回港八年中已不知聽過多少遍了。到最後，我不能不發點牢騷。當他們一遍又一遍地對我説那些話時，我很不客氣地回應：「我有很多學生的學生已經在美國當教授。我要怎樣教，教什麼，沒有誰可以管得着。」

最近，一位朋友見我從不賣帳地辦事，忍不住説：「你的權力似乎很大呀！」我回答説：「我討厭權力，但我知道，知識就是力量！」

我的父親

（一）

一九九一年一月二十五日

父親積勞成疾，在三十七年前去世了。那時我十七歲。他享年僅六十一。患了肺病多年，到最後，五臟都有問題。醫生說，父親既不吸煙，也不飲酒，而又沒有什麼奇難雜症，只因工作過度，營養不好，於是孤燈挑盡，回天乏術也。

父親有十一個兒女，我排行第九。他長於舊中國的家長制度中，年青時頭上還留過辮子。他比我母親大十三歲，我出生時他四十多歲了。在有眾多孩子的中國家庭裡，排行低的沒有什麼發言權，也沒有什麼人管教。我在十六歲之前，沒有正正式式地跟父親談過幾句話。母親一向勤於自己的工作，而孩子又那麼多，對我也就無暇管束了。家中各人見父母不管我，除了罵我頑皮之外也沒有什麼管束的行動。可以說，從童年到青年，大部分時間我是個「自由」人，但也因此養成很強的自主性。

話雖如此，從青年時起，我就覺得父親是我所知的最偉大的人。他十二歲那年從惠州跑到香港來工作，在一個富人之家當役童。父親名張文來，是一個客家式的名字。「文來」二字不知是誰起的，很古雅，是我聽過的客家之「文」字輩中最有文采的了。

富家的主人有點良心，讓當役童的張文來跟他本人的兒子一起到灣仔書院就讀。可惜讀了三年，就要停學了。原來我的父親貌既不驚人，才也不出眾，沉默寡言，手腳笨拙，反應遲鈍。朋友們給他起了一個外號，叫做「大懵來」！在灣仔書院讀到第三年，富家的兒子考試不及格，不能升級，富人就大發脾氣，招「大懵來」到面前，問：「你及不及格？」「及格。」「那麼你考第幾？」「第一。」富人一巴掌打在大懵來的臉上，說：「胡說八道，為什麼要騙我？」富家子在旁代為解釋：「他真的是考第一呀！」富人說：「他生成這個樣子，考第一也沒有用，下學年不要再到學校去！」這樣，我的父親就沒有再進學校了。

很多年後，父親告訴我，富家主人因他讀書考第一而給他一巴掌；不過這一巴掌倒打醒了他，使他發憤圖強。雖然在本世紀初的香港，出頭的機會有的是，但要圖強也不是那麼容易。父親離開富人的家後，轉做挑石塊與用鎚子碎石頭的工作。後來他的右肩比左肩低，是由於挑石的損害所致。其後他在西灣河的街旁擺賣香煙，再其後轉到天祥洋行當電鍍學徒。

父親好學，其勤奮與耐力是我生平僅見。自覺「大懵」，他就將勤補拙。他的英語大部分是自修得來的。若誇口一點說，我的英語文字在美國略有微名，但幾年前重讀先父在四十年代所寫的商業英文書信，自問不及！是的，父親的英語說得不好，英文下筆時很慢，但寫成後的文字是博士級。行文誠懇、清楚、暢通；文采斐然。他的中文也如是，且字體魄力雄強，可與書法家相提並論。

在天祥洋行當學徒時，父親不僅學電鍍，也利用工餘時間自行研究電鍍。有了心得後，他半翻譯、半自著地寫了一本電鍍入門的中文書，成為香港工業發展初期的電鍍經典之作。父親去世後，香港的電鍍行業尊敬他，把他的生日作為師傅誕，直至今天還是如此。天下師傅多的是，但父親被同行紀念，可不是因為他的電鍍技巧超人一等，而是因為他對同行的忠厚有口皆碑，他們於是就對之尊師重道起來了。三十年代初期，父親離開了天祥，創辦「文來行」，賣電鍍原料，也向買者免費指導電鍍的方法。

五十年代初期，我很多時在文來行見父親向電鍍行業的工作者解釋技術上的問題。有一天，我們幾個孩子在店中活動，一個不相熟的人走進來，高聲嚷道：「張文來在哪裡？」他跟着跑到父親面前，神氣十足地將一個手電筒擱在父親面前的桌上，說：「你覺得怎麼樣？」父親把電筒拿起來看了良久，點點頭，那位不速之客把電筒拿回後，仰天大笑而去。

我們幾個孩子破口大罵，說這個人沒有禮貌，不識規矩。父親輕聲說：「你們少說幾句吧。這個人的電筒，在鍍了鉻的面上局部『上』了黑色，沒有半點瑕疵。這種上色的技術我研究了多年也辦不好。香港沒有誰能勝他。他感到驕傲，溢於言表，是應該的。」

我認為今天香港在國際上有那樣的經濟地位，是因為這個城市曾經有不少像我父親和那位不速之客那樣的人。

（二）

上文提及，我長於中國傳統的家庭，而且在家裡眾多孩子之中是排行第九的；因為父親兒女多，便一向對我少注意。但在他去世前的一年，他卻對我關懷備至，突然對我重視起來了。

在中、小學時，我唸書的成績不好，家裡的人都知道；父親認為我沒有希望，理所當然。我在皇仁唸書時，逃學多，上課少。我逃學，是為了要跟容國團研究乒乓球，跟徐道光下象棋，跟舒巷城談詩論詞，也跟歐陽拔英學書法。大約是一九五三年的某一天，一位親戚到家裡找父親，當時只有我一人在家，於是我寫下一紙，說某人曾經到訪。父親看了該字條後，遍問家中各人，紙上的字是不是阿常寫的。過了幾天，另一位朋友到訪，問及文來行的台灣分行地址，父親說：「叫阿常來寫地址。」家人都覺得奇怪，那時是晚上，我已入睡，而地址誰不會寫？但父親堅持要我寫，那麼姊姊就把我推醒，寫地址去也。

我抹抹惺忪的睡眼，把他們說着的地址寫下來。父親說：「拿給我看看寫得對不對。」姊姊說：「我看過，是對的。」父親說：「你懂什麼？給我看看。」他看了好一陣，問我：「你的書法從哪裡學來的？」「跟歐陽先生學。」「學哪家字體？」「先學曹全，再學張遷，現在學的是婁壽。」「學碑？為什麼不學帖？」「歐陽先生說字的基礎是漢碑。」父親點點頭，不再說什麼了。後來歐陽先生告訴我，父親曾多次找他，問了很多關於我的事情。

過了幾個月，父親身體欠佳，病重，進了一個時期醫院後回家休息，再不回店工作了。那時我沒有學校收容，閑來在家，父子對談的機會大大地增加了。老父幼子論世事，說前途，使我對父親有難以形容的親近感。

一天，母親說：「你爸爸在家裡悶得發慌，他自稱是象棋高手，你可不可以跟他下棋，替他解悶？」我於是拿了象棋，跑進父親的房間，擺開棋盤，對父親說：「阿媽要我跟你下棋。」他喜形於色，說：「你也懂得下象棋？」我堅持讓他先行，然後以烈手炮連勝他三局。他問：「你的象棋從哪裡學來的？」「跟徐道光較量過，幾天前他勝了李志海。」

父親聽着，說：「你讀書不成，但我也讀不到幾年書。你不喜歡讀書，不讀也罷。多年以來我不管你，沒有留心你的發展，見你在校成績不好就認為你沒有希望。現在我對你的觀點改變了。我認為你是可造之材，前途比我認識的所有青年還要好。你不讀書，到文來行學做生意，也是好的。但你可不要忘記，我對有學問的人五體投地！」

這幾句話改變了我的一生。父親死後，我到文來行工作了兩年，其後有機會到北美求學；燈前夜讀，要休息時，想着父親的說話，疲倦之身又往往振作起來，走到書桌前，聚精會神地把書再打開。一九六二年的春夏之交，我跑到洛杉磯加州大學的外國留學生管理處，索取移民局所需的學生「紙」。該處的女秘書說：「處長要見你。」我以為大難將至，殊不知處長說：「我要跟你握手，因為三千多外籍學生中你的成績最好。事實上，我沒有見過這樣成績的學生。」一時間我想起昔日父親的話，禁不住流起淚來。

像父親從前一樣，一九四八年起我也是到灣仔書院唸書的。有一回，我在家中偷麵包給一位同學吃。母親發現了，大興問罪之師。父親要見我，把我嚇得魂飛魄散。

父親說：「你為什麼要偷麵包給同學吃？」我回答說：「他的成績很好，但沒有錢吃午餐。」父親說：「這樣的學生是應該幫助的。你替我每月給他三十元吧。」

抗日戰爭期間，聽說日軍快要到香港來，母親買了大量的花生「麩」、油、鹽之類的維生食品。香港淪陷後，在西灣河澳背龍村所在的山上，父親把這些糧食與鄰居分享。一九五四年，他死後的清晨，我家門前掛上白布，鄰居都知道發生了什麼事。過了一天，白布滿山皆是，到了晚上，我聽見鄰家的哭聲。在殯儀館的晚上，我見到一位白髮蒼蒼的工業界知名人士，跪在父親的棺前哭泣。

父親是信基督教的。他是現今還在的聖光堂的始創人之一，也是該堂的執事。教我書法的歐陽先生，曾經是廣西的一位縣長，年紀老了，因為避共而逃到香港來，不名一文，衣食無着。父親照顧了他。父親與世長辭時，歐陽先生以他最擅長的石門銘字體寫了一副輓聯：「五年海角我棲遲，推食解衣，至荷高誼；一旦天堂主寵召，撫棺憑弔，難盡哀思。」

觀雞血石有感

一九九一年二月八日

不久前到大陸購買石章，朋友給我看一塊難得一見的雞血石。他認為我是個專家，很想聽聽我的意見。那石塊大約有三公斤重，是很大的雞血石了。石質柔軟，看來是昌化上品；石中的血色多而鮮，甚為難得。

我把那石觀賞、摩挲了十多分鐘，放下，喟然而嘆，說：「這塊石是假造的，但造得這樣天衣無縫，我差不多看不出來。」朋友說：「果然厲害！但你要知道，這塊石的成本要幾萬塊錢呀。」「成本既然那樣高，為什麼還要造假的？」「我也不大清楚。據說一位高手花了不少時間造了兩塊，這是其中之一，另一塊一位台灣客用高價買去了。」為了滿足自己的好奇心，我花了點錢請他把這塊「假」的讓給我。

這塊假雞血石，說起來，似真實假，說假還真。為什麼呢？原來石是真的昌化雞血，石質是上品。石上的「血」有些是原石所有，但不多；其他的「血」也非假的，卻是從其他的昌化雞血石移植過來。移植的方法不是用石粉與膠水的那一種平庸之作，而是像補衣裳那樣以石片填補，補得半點痕迹也沒有。

我曾經在《資本》雜誌上寫過一篇文章論雞血石，說該品種的名石是比較容易鑑別的。雖然假造的雞血石多的是，但一般而言，要鑑別並不困難。大約一年前，我知道大陸的高手發明了以真石移植的填補方法，但通常還是不難看出有人做過手腳的贗品。然而據最近所見，知道這方法已大有改進，達到了爐火純青之境！

這使我想起少小時讀書「偷睇」的往事。當年，與一些懶於讀書但大有天才的小同學研究「偷睇」的辦法，勤力得不得了，而研習出來的辦法也真是天衣無縫，運用起來時得心應手。問題是，考試成績還是欠佳。後來有機會進了加州大學，老師們根本不知道有「偷睇」這回事，少小時的發明應該大有用場了。但年紀大了，對當年的過癮事一笑置之；我又想，偷睇的準備時間比真正讀書的時間還要多，所以偷睇實在是一門蝕本生意，不作也罷。

是的，像我最近所買的假造雞血石一樣，偷睇的勞力與腦力是真的代價，是真的心血，以之運用到正途上好好地讀書，既可應付考試，也可增加知識，豈非兩全其美？

以真的昌化雞血移植而成為一塊比較可觀的「假」雞血石，若以劣石從事，賺取所「增」的市價，不難理解。但這移植方法是做得好，需時甚久，也需要高手才能辦得到。因此，這種移植的「假造」要用上選的石材。原本已值數萬元的石料，加上移植工夫的成本，不能等閑視之。好石之徒過不多時總會找出鑑別的辦法，那豈不是

「血」本無歸?另一方面，好石者知道市場上有難以鑑別的假雞血石存在，有了戒心，這對雞血石的一般市價會帶來一定的不良影響。問題是，造假雞血石的人為了圖私利，他們是不會顧及一般市價如何受影響的。

中國人看來有一種很特別的能耐，也有一種很特殊的天才。專家們若有機會看到我最近所收藏的「假」雞血石多半會同意;該石塊是天才之作，也需很高的技巧與耐力才能「假」得如此逼真。若說穿是贋品，其市值比其原來的石料還低。

這使我不禁聯想到中國的政治那方面去。是的，在中國搞政治的人，其天分決不能低估，而他們多年的苦心孤詣，每天的心驚膽戰，其代價也高得驚人。然而，一次又一次地高呼着「為人民謀幸福」之類的口號後，人民的生活究竟怎樣呢?若說穿了，這些浪費了幾許大好光陰的政治勞力與天分，所換取到的真正價值，遠不及一個在街頭擺賣的個體戶。

我認為，既然掛羊頭，就無須賣狗肉。雞血移植既然可以造得那樣神乎其技，那樣近乎十全十美，又何妨坦然說出:那是以不同的真正雞血石料移植合併而成的新「品種」。這樣言明，就沒有人會說那合併了的石是「假」了。石料是真的，移植也是真的，何假之有?這樣市場對它總會有另一種真正的需求。長遠一點來說，這才是生意的經營之道。

我是怎樣思想的

一九九一年二月十五日

兒子到美國進了大學，讀完了一個學期，成績很好，我當然高興。他回港度假，父子相聚，倍加親熱了。他選修了一科心理學，我見他成績名列前茅，就好奇地問：「你從心理學學到些什麼？」他說：「我也不知道。」我想，他真的是下過一點功夫！通常一知半解的學子，對自己所知總會偉論滔滔，但多知一點的，往往一時間無從說起。

但過了一陣，兒子說：「爸，你思想時腦中是用文字還是畫面的？書本上說，天才思想時大都用畫面。」我這個傻兒子，一向認為父親是個天才，所以預期我的答案是「畫面」。他把我難倒了，因為我從來沒有想過這個問題。既然他問及，我就細想自己思想時究竟是用什麼的。想了好一陣，我回答說：「我什麼也不用，真的什麼也不用！」兒子聽得張大了嘴，跟着喃喃自語地說：「怎可以『無中生有』？」

我曾經寫過《思考的方法》（見《賣桔者言》），很受學生歡迎，但那是說方法，可不是說在思考時用什麼「媒介」。是的，我不知道在思想時自己是用什麼的。寫文章，我當然心裡在想文字，但在文字之前想內容，我既不用文字，也不用畫面。思想時內容是怎樣形成的，不得而知也。

談談下象棋吧。閉目下棋時，在腦海中我當然有一個棋局的畫面。但開眼對弈，面對棋盤，按棋路推理，腦海中就沒有什麼文字或畫面了。轉談數學吧。想「數」，腦海中當然有方程式。攝影呢，思考時當然想着一個畫面。就是最笨的蠢才也會那樣想，與天才有什麼關係呢？

可能我兒子所談的心理學課本所說的是指抽象的推理吧。抽象的思想，我想時真的是什麼媒介也沒有。想時像魂遊，如夢如幻，哪管它什麼文字或畫面？我腦海中若有文字，通常只是一個還未有答案的問題。有時覺得問題不夠清楚，我就盡力把它弄清楚再想。

有了問題，我找答案時的思想就沒有什麼媒介了。通常的過程是，模模糊糊地想着一個問題，想得久了，另一個問題在腦海中浮現，跟着再模糊了一陣，又得到另一個問題，如此在一陣一陣的模糊中，一層一層的問題演變，原本的問題答案就莫名其妙地跑了出來。有了這答案，我才再以邏輯推理來考證這答案是否對的。

一九六六年，我思考佃農理論時，腦海中的問題是：「既然傳統認為佃農制度大有浪費的地方，地主所收的租金下降，那麼地主為什麼要選取佃農制度？」模糊了幾天，我問：「假若傳統錯了，那麼前輩們忽略了什麼？」如此又模糊了一陣，答案就出來了：「佃農制是一種合約，其內容條件與其他合約一樣，可以千變萬化，是由交易者商議而定出來，傳統的佃農制分析是忽略了這合約的條件。」有了這答案，要在邏輯上斷定在競爭下佃農合約應有的條件，就易如反掌了。

一九六八年推翻了當時家喻戶曉的「界外效果」理論時，我問：「若有界外，什麼是界內呢？」一九六九年推翻了當時的公產理論時，我問：「每個人都爭取私利，無意損害他人，那麼為什麼公產的租值會下降至零？」一九七三年推翻了價格管制理論時，我問：「被管制的價格低於市價，那麼這二者的差額是誰擁有的？」一九八二年推翻所有的公司原理時，我問：「假若我請人替我提供某種服務，究竟我和他是同一家公司還是兩家的？」

以上及其它的例子，我問時當然腦海中是用文字——畫面怎可以問？但有了問題後的思想，我就不用文字或畫面了。很明顯，非用文字不可就用文字，但以攝影的例子來說，非用畫面不可就用畫面。其它的思想，什麼也可以不用。

心理學課本的作者顯然沒有想過這些問題。我想，人們在思想時究竟用文字還是畫面，不能一概而論；更不可以用上述二者（媒介）來分別誰是天才，誰是蠢才的吧。

關於中文教學

一九九一年二月二十二日

九七在望，香港一些有權力的人，紛紛贊成硬性推行中文（指母語）教學，亦即從中、小學起，老師們要以中文授課、中文考試。這樣的建議不難理解，但卻很有諷刺性。上海有幾家學府，以英語授課為榮，北京有好幾位領導人曾經告訴我，他們希望香港的教育能保持英語的重要地位，甚至加強英語（教學），雖然他們不便公開說出來。

中文教學是敗筆，很多在香港的有識之士都明白，但他們都不願意站出來說幾句衷心話。（政治的可怕，這又是例子。）那就讓我在這裡說說吧。

（一）英文很難學，比中文難得多。主要原因，是英文的實用字彙大約比中文的多五倍；而英語動詞的運用，高深莫測。這是說，英文要學得似模似樣，文章寫出來算得是達意、可讀的，要下多年的苦功才行。香港學生在家裡及社會中慣用母語中文，要學好英語英文談何容易！推行中文（母語）教育，他們的英語水平就不可能有什麼前途了。

（二）因為英文的字彙及動詞千變萬化，在精確上說，其語言的表達能力比中文的勝一籌。這一點加上電腦與訊息傳播的發達，近二十年來英語成為標準的國際語言。美國學府的外文系日漸式微，而歐洲的好些高級學府也早以英語教學了。香港是一個國際城市，以服務國際而賺錢，怎可以在語文的教育上背道而馳呢？

（三）有很多科目，以中文（母語）教學會弄得一塌糊塗。經濟學是一個例子。到圖書館去看看吧。經濟學的文章，千分之九百九十以上不是中文之作。老師口授用母語中文，學生的讀物卻是英文，怎麼辦呢？若中文教學被硬性推行，那麼經濟學的老師就必定會用半中半英的「教授法」混成一體了。我一向認為最劣的語言，是百鳥歸巢的那一種。

寫到這裡，我應該發點牢騷。我認為香港現在的學生不管是讀中文還是英文的，一般地說，其語文水平實在是中不成，英不就！我回港任教八年多，沒有見過多少個學生的英文或中文可登大雅之堂，更勿論中、英兼優了。這些學生很聰明，辦事能力很強，就是語文水平低落。不僅學生如此，香港眾多的中文刊物，除了三幾份之外，中文的水平是不堪提的。

百鳥歸巢、雜牌式的語言，使余英時大罵香港沒有文化。但余老兄誤中副車，罵錯了。香港的文化很特別，自成一家。但特別的文化有好的一面，也有令人捧腹大笑的一面，余教授顯然是從足以令我們尷尬的那一面下筆。

我們不能否認中文是一種很優美的語言，有其重要之處；也不能否認今天香港學子的中文往往令人發笑，是應該急起直追的。但這是誰之過？那些因為見到學生的中文不成話而熱衷地主張中文教學的君子們，不知就裡，以為以中文（母語）教學就可以改進中文水平，也是「天真」得可以的。

是的，中文水平不善，不能歸咎於英文教學。反證的例子不勝枚舉。以我所知的為例，今天在太古城搞環境園藝的韋子剛，在中文大學教生化的江潤祥，是五十年代初期我在灣仔書院及皇仁書院的同學，都是「番書仔」；友人中如年長的舒巷城，也是在香港讀「番書」出身的。但他們的中文水平，好得令人羨慕。而我自己呢，說來慚愧：我是因為中文作文不及格而要離開皇仁之校門的。

顯而易見，今天香港學子的語文水平低落，是近二十年來急走下坡所致，與什麼中文、英文教學扯不上關係。我認為急走下坡的主要原因，是在於香港的教育制度。香港政府對中學課本的規定，課程的限制，考試的約束，是學語文的大忌！幾年前我看過一些中學的中文試題，吹毛求疵地問些關於成語的解釋，還有一些斷章取義的問題要學生回答。總之，求「甚解」而不求大意，不論神韻，也不知文采為何物，這算是什麼語文教育呢？管制語文教育的人對語文真諦的認識顯然不多，他們定下來的各種管制，扼殺了學生對語文的興趣，學生於是為考試而學語文。其結果是，在他們的百鳥歸巢、不中不西的語文中，混雜着一些不倫不類的成語。悲乎！

為了香港的前途——也為了中國的前途——我們應該堅持英文教學。但香港的教育制度需要大事修改，尤其是關於語文那方面的。中文重要，但因為（尤其對以中文為母語的人來說）比較容易學，也可以使學生很有興趣地學，所以只要制度一改，成績就可以大為改觀。

我認為在學生時期要改進中文水平，不是太難的事。下述數點可以考慮。第一，老師不妨花點時間（不超一課的時間）教學生中國傳統（字「聲」）的「平」與「仄」之分別。第二，要他們多背誦一些可以瑯瑯上口的詩詞歌賦與古文。第三，要他們利用空餘時間（或看電視時播廣告的時間），多看一些課外讀物，包括文采斐然的金庸或梁羽生的武俠小說。

老師普納

一九九一年三月一日

普納（Karl Brunner）在兩年前去世了。去年初，艾智仁邀請我到歐洲去參加一個為紀念普納而舉行的研討會，我因為要準備諾貝爾研討會的文章而推卻了。這使我鬱鬱不樂久之。

一九六二年在洛杉磯加州大學的經濟研究院，普納是我的老師。他當時對我不重視，不認為我是可造之材。他教的是宏觀經濟與貨幣理論，是我興趣之外的科目。那時，普納算不上是大名家。這一點，同學們和我都覺得很奇怪，因為我們都認為他是絕頂高手。普納後來舉世知名，是他離開加大之後的事。

我自己是一九六七年離開加大的。一九七三年，我在西雅圖的華盛頓大學，收到了普納的一封信。信上說，他知道我升級很快；讀過我一些文章覺得果然了得，所以要寫信來恭賀一番。這使我很感動。七〇年代的普納，在國際學術上如日中天，也是幾個大國的政府所重視的智囊，竟然能抽空給他早年「何物小子」的學生，加以鼓勵，實在不簡單。

普納大約是一九六五年離開加大的。七十年代，他曾數次邀請我參加他辦的研討會，可惜都礙於工作不克參加。我再與他見面時，已是二十年後的一九八五年了。該年夏天，我到三藩市參加美國西岸經濟學會的聚會，在那裡的一個特別的講座上，發表了我對中國經濟改革的見解。聽眾濟濟一堂，我走到台上，向下一望，見到前排正中坐着的，是佛利民夫婦和普納夫婦。這使我呆了好一陣。

演講後，這四位故交跟我握手言歡。普納夫人蘿絲瑪麗（Rosemary）興高采烈，緊握着我的手，滔滔不絕地跟我述說二十多年前我在加大時的往事。她笑得很甜，很開心，但我卻強笑着，淚水差點要流出來。

原來早一個晚上，我與普納的最佳拍檔 A. Meltzer 共進晚餐時問起普納近況，他說：「幾天前蘿絲瑪麗知道自己得了不治之症，只有幾個月壽命！」想不到，十多個小時後我所遇到的她，竟然那樣歡容，好像自己什麼憂慮的心事也沒有似的。後來蘿絲瑪麗死了。我跟艾智仁談起此事，他說，因為要使普納開心，蘿絲瑪麗那時就變為一個偉大的演員。

一九八五年在三藩市所見到的普納，很蒼老，行動不便。其實二十多年前，他的眼睛就大有問題。我們再見面時，他幾乎完全看不見什麼了。他站在我的面前，像對孩子那樣的關心，微笑地以他脫不掉的德國口音說：「好呀，史提芬，你現在是個經濟學家了。」「可以這樣說吧，」我感到有點驕傲地說：「我腳踏實地下過二十多年的功夫。」「真的二十多年嗎?應該是吧。你那時替我拍的人像照片,我還好好地保存着呢。」

是那樣可愛的一個人!但一九六二年,普納是同學們認為最嚴格、對學生最不客氣的老師。世界上可能沒有出現過一位比他更重視邏輯的經濟學者。文章的每一個字,每一句,每一段,他都不放過。在研究院的「宏觀經濟」的高級課程上,他花了一個學期只教了 M. Bailey 那本名著中的十八頁,證明幾乎每一段都有錯處。到最後所有未被嚇退而還在課室留下來的幾位同學,都可說得到一點「真傳」。這些同學今天在美國都大有建樹了。

我還記得有這樣的一課。歷久以來,書本上都說在均衡點上,投資量與儲蓄量相等。普納問:「為什麼這二者相等?」同學們接二連三地以書本上的答案說了出來。普納聽了,臉色一沉,鄭重地說:「你們不說話不是更好嗎?」這一說,同學們又知道書本上又「胡說」什麼了。

課堂上一時間靜得怕人。過了好一陣,普納說:「一些量是可以觀察到的『事實』,另一些量卻是不可以觀察到的『概念』。前者,投資與儲蓄永遠相等,正如出售量與購買量永遠相等一樣;但後者只在均衡下相等,那是看不見的、概念上的相等,正如需求量與供應量的相等只是一個概念,不是事實——是見不到的。真實世界中沒有經濟學所說的『均衡』那回事，因為『均衡』只是一個概念。」

他跟着走到黑板前，以數學邏輯證明他的觀點。一大黑板寫滿了，抹後又繼續寫，如此抹抹寫寫好幾次，他突然停下來，問：「你們明白了沒有？」沒有誰真正明白，所以沒有誰回應，普納一聲不響的離開了課室。同學們呆住了，知道他所說的是驚天偉論，脾氣發得有理。大家於是繼續在課室內研討剛才普納的分析，直到兩個小時後自覺明白才離去。

是的，普納是我所知道的在分析、邏輯上最嚴謹的經濟學者。作為他的學生，被他當眾「羞辱」司空見慣，當時會有反感，或心有不甘。但過了一、二十年還從事於經濟學的，就會覺得普納嚴謹的邏輯推理，在腦海中像鐵鑄的那樣，驅之不去，忘之不了，也因而把自己所學得的知識視為真理，對混水摸魚的所謂「理論」一笑置之了。作為一個老師，這是普納的偉大之處。

湢闌後記

為《壹週刊》寫《湢闌集》，到目前是第五十二期。湢闌至此，寫了一年，已足夠結集成書，應該收筆了。

讓我先在這裡感謝一撮生的插圖。他就是黃黑蠻，一個很有分量的畫家。但替《湢闌集》插圖，點只畫畫咁簡單？我的文字有時天馬行空，不着邊際；於是，黑蠻老弟的想像也就天馬行空起來了。

黑蠻和我相得益彰。要不然，《湢闌集》不會有那麼多讀者捧場。通俗的「專欄」文字，與學術性的、深入而不淺出的不同。對於後者，讀者是否喜歡閱讀不大重要。前者呢，既然是為一般讀者而寫，他們不愛讀就沒有什麼大好理由下筆了。

話雖如此，好些讀者問，為什麼我不多寫一些關於經濟學的文章。他們可不知道，寫散文而不寫經濟是《壹週刊》創刊時要求的。我和舒巷城商量了幾天，就決定以《湢闌集》這個欄名下筆，寫的是一些往事、一些感想。既然是散文，經濟學就派不上用場。像我在《三岸情懷》裡所寫的《給女兒上的一課》那樣的經濟散文，可遇不可求，若不是時來運到，要迫也迫不出來。

一九九一年三月八日

舒巷城和我有四十年的交情了。我羨慕他寫散文的才華。雖然岑逸飛曾經對我以前所寫過的幾篇散文另眼相看，我自問不是行家。如果不是想起四十年前跟舒巷城談及散文之道，很想向他「表演」一下，而同時又得到他的同意，替我每篇過目、修改一下，我膽子再大也不敢答應《壹週刊》的要求。

我在一九四九年認識舒兄。當時他住於西灣河太寧街，和我家很近。他比我年長，但因為大家談得來，在五〇年代有好幾年我們日夕相見。我和他今天看事情有許多相同的感受，表達的「措辭」也往往大同小異，是因為我們大家都是在西灣河長大的。

有人說，張五常的文章是有人代為修改的呀！這又怎算奇怪呢？外國的英語刊物，幾乎所有文章都要經一些文字編輯修改的。這種修改辦法，中文刊物很少用。像我這樣的人，肯讓他人修改我的文字倒不容易。舒巷城是一個很難得的例外。他在我的原稿上修改的不多，通常只略為潤色一下；他認為應該盡量保留我的原貌、風格；所以無論怎樣修改，修改後的文字還分明是張五常的。這是西灣河的「功力」了。

朋友問，散文與論述經濟的文章相比，哪一種比較容易寫？這是個很有趣的問題，答案我是很清楚的。寫散文，有了題材後，文章可以一揮而就。在我來說，有了題材而還要大費功夫才能寫得出來的散文，讀起來總覺得有枯澀之感。但選擇可以順利地下筆的題材，絕不容易。另一方面，寫經濟分析的文章要慢慢地爬格子，很花時間，但題材卻可信手拈來，俯拾即是。相比之下，寫散文則遠非如此，而稿費也難賺得多了。

寫《凭闌集》的起因，説起來不單是因為《壹週刊》要求我寫散文；更有決定性的是，很多讀者及朋友希望我能寫自己的傳記。他們説，我這個人很奇特，生活和工作與眾不同，應把有關的經歷公之於世。我熱愛生命，自小就希望可以過一下「熱烈生命」的癮，所以凡是自己認為心安理得而又感興趣的事，我不會裹足不前。這樣，説是多采多姿，也是可以的。但若説我是個傳奇人物，那倒是朋友們的抬舉了。

傳記是不能寫的。一個折衷的辦法，是寫一些回憶中的片斷（如出現於本集裡的文章）。這些回憶有喜、怒、哀、樂，也有溫馨，卻沒有怨和恨。我是個很世俗化的人。朋友對我稱讚，我高興；對我低貶，我不開心。但這些感受很短暫。過不了多久，讚也好，彈也好，我還是依然故我。我個人的喜愛，是一些比較「恆久」的事情。今天的人對我怎樣看，到了明天，還有誰管得着？

執掌政權的人可以凭一些豐功偉績而萬世流芳。我討厭政治，也討厭權力，所以對任何這類的功績都沒有興趣。這似乎是中國文人的傳統了。蘇東坡説：「大江東去，浪淘盡，千古風流人物。」辛棄疾説：「風流總被，雨打風吹去。」這些話，深得我心。毛潤之說：「數風流人物，還看今朝。」這倒引起爭議了。自古風流人物，真的「數」他嗎？

我希望在思想、學術上偶有所成而贏得一點「永恆」；也希望在感情、觸覺上能與朋友共鳴。為了這後者，我寫出了《凴闌集》。

獨自莫凴闌
——從母親的病說起

一九九一年五月十日

「獨自莫凴闌！」是李煜說的。

母親病重，心亂如麻！六四悲劇，電視目不忍睹，當時八十八歲的母親哭了一場，心神不屬，在西灣河的街旁呆坐，跌倒了。進醫院，動了兩次手術，其後一年多來，身體時好時壞，有過四次紀錄：昏迷不醒好幾天。

母親的生命意識極強；所有認識她的親戚朋友都那樣說。年多前，她病重不醒，群醫束手，我俯在她耳邊問：「媽，是我，聽不聽到我的聲音？」過了良久，她彷彿輕輕點頭。我於是繼續說：「媽，醫生們都已盡所能，而我更無能為力。唯一的希望是靠你自己，你明白嗎？」過了一陣，她點點頭，這次點頭是比較明顯了。一個星期後，她終於蘇醒過來。

如今，她九十歲了。不久前，她不知怎樣的傷了腰部，痛得要命，不能起牀了。醫生替她下了些止痛藥，使她進入半昏迷的狀態中。年多來這是第五次的病情惡化。

一個九十歲的人，心弱，腎弱，視力差，看物模糊不清，雖然熱愛生命，所餘的日子不會很多的吧。想到這點，我感到很寂寞。

人的生存不可以沒有愛。朋友對我的愛，是關懷，我很珍惜；妻子對我的愛，是眷顧，我很高興；兒女對我的愛，是尊敬，我很驕傲。然而，母親對我的愛，無微不至，是無以倫比的。母親怎樣愛我，如同我怎樣愛自己的兒女。兒女似乎對此不知道。母親對我的愛，我是知道的，希望她知道我真的知道。

母親既然來日無多，我就天天跑到醫院去看她。她半昏半醒，知道是我，總是用力地吸一口氧氣，問：「有沒有吃魚油丸，有沒有喝牛肉湯，有沒有用足六兩的牛肉呀？」我聽着，淚如雨下。她看不見我的眼淚，只聽見我裝作喜悅的聲音：「魚油丸最近買了六瓶，吃也吃不完，牛肉每天六兩，都是最好的！」我是個不愛說謊的人，但要使母親心安，我不能不那樣說。白色的謊言是為了愛而說的。

「兩個孫兒怎樣呀？」她一次又一次地問。回答這問題，我倒不用說謊：「思遠讀書很厲害，思琪讀書的興趣不大，但成績還是很不錯的。」她這一問和我這一答，不知重複過多少遍了。她老了，記不清楚，一次又一次地問是很自然的事。兩天前她再問，我答了之後忍不住補充說：「思遠過目不忘，是你遺傳的。說起來，我和思遠的讀書天分都應該遠不及你。」

在旁的護士小姐聽着，不以為然，用懷疑的表情向我一笑。母親住醫院久矣。一個沒有進過學校的老婦人，日常說的都是不知科技為何物的話，怎可以遠勝現代的青年呢？我於是向那護士小姐解釋說：「我母親沒有讀過書，思想很舊，是真的。但我小時過目不忘，今天我的兒子也如是，是她老人家給我們的重要禮物。老人家雖然沒有讀過書，但她年輕時過耳不忘，思想快如閃電。如果她有機會讀書，我們後一輩的又怎能勝她？」

說來真的是話長了。我父親的智力僅差強人意，但我們張家「內」、「外」的後輩，卻出了五個讀書出類拔萃的人物。我的一個姪子到美國去讀大學，只五年半就拿了博士，現今是知名的教授了。一個姪女在湖北省考第一。另一個在廣州，英語完全不懂，我設法把他弄到美國去，只六年就獲電機工程的碩士，拿到了什麼學術獎。相比起來，我和自己兒子的讀書本領，雕蟲小技矣！

基因的遺傳，比家財的遺傳有意思得多了。人類的進化，新陳代謝，是有連貫性的。基因是連貫的事，家財怎可以「連貫」呢？

父母與兒女之間的愛，基因與遺傳顯然沒有多大關係。養父與養子之間的愛，何嘗不是有許多可歌可泣的故事？母親給我和兒女的基因遺傳，好的我們感激，壞的無話可說，但不足以論愛。我愛母親，是因為她對我無微不至。她的存在，使我有難以形容的溫馨感。

「獨自莫湶闌！」於今母親來日無多，思往事，一時間我有獨自湶闌之感，不禁悲從中來。

《湶闌集》已經擱筆，正準備結集成書。我補寫此文，是想對讀者作一點交代：因為母親的病，我沒有心情再寫些什麼。繼《湶闌集》之後的《話說天下大勢》，要停止一個時期了。

凴闌集

修訂本

作者　張五常

封面畫作　黃黑蠻

封面書法　周慧珺

總編輯　葉海旋

編輯　王陳月明

助理編輯　樓碧君、譚芷茵

設計　趙綺媚

出版　花千樹出版有限公司

E-mail : Arcadia@ctimail3.com

印刷　海洋印務有限公司

初版　一九九一年十二月

修訂第一版　二〇〇一年二月

ARCADIA PRESS 花千樹